Kira, die Wandlerin

01

Die Kraft
der Verwandlung

Urban Fantasy

Ed Berg

Bibliografische Information der Deutschen Nationalbibliothek: Die Deutsche Nationalbibliothek verzeichnet diese Publikation in der Deutschen Nationalbibliografie; detaillierte bibliografische Daten sind im Internet über dnb.dnb.de abrufbar.

Herstellung und Verlag:
BoD – Books on Demand, Norderstedt

ISBN: 9783749482740

WIDMUNG

Liebe Leserinnen und Leser,

mit diesem Buch möchte ich mich bei meinen Eltern, meiner Frau und meinen Kindern bedanken, die mich während des Schreibens unterstützt und ermutigt haben.

Widmen möchte ich dieses Buch jedoch meiner Spitzhündin Kira. Damit möchte ich ihr für all die unvergesslichen Momente danken, die sie uns bisher geschenkt hat. Ihre Anwesenheit war eine Quelle der Inspiration und hat mich dazu gebracht, die Geschichte von Kira und Lucas zu schreiben – eine Geschichte voller Abenteuer, Freundschaft und Liebe. Ich hoffe noch auf viele weitere Jahre, in denen sie mit uns, als treue Gefährtin, durch das Leben zieht.

Ich hoffe, dass ihr beim Lesen genauso viel Freude habt wie ich beim Schreiben.

Euer Ed.

INHALT

Kapitel 1:   Kira...3

Kapitel 2:   Neue Welt 19

Kapitel 3:   Eine seltsame Aura 36

Kapitel 4:   Lucas Geheimnis............................. 48

Kapitel 5:   Die Wilderer.................................... 54

Kapitel 6:   Tierische Helfer............................... 61

Kapitel 7:   Die Wandlerin.................................. 70

Kapitel 8:   Das Buch 79

Kapitel 9:   Die Wölfin in Ihr............................. 87

Kapitel 10:   Ein neuer Spitz................................ 98

Kapitel 11:   Ferienende und Schule 104

Kapitel 12:   Frei wie ein Vogel 112

Kapitel 13:   Lucas in Gefahr............................. 121

Kapitel 14:   Die Höhle....................................... 131

Kapitel 15:   Die Bedrohung.............................. 141

Kapitel 16:   Der Puma Wandler 152

Kapitel 17:   Epilog 171

KAPITEL 1:
KIRA

Kira, eine lebhafte Achtklässlerin, war das strahlende Herz ihrer Schule. Ihr langes, welliges braunes Haar umspielte sanft ihr Gesicht, das von einer reizenden Ansammlung von Sommersprossen rund um ihre Nase geziert wurde. Ihre braun-grauen Augen strahlten vor Lebensfreude und Neugier, als wäre jedes Erlebnis ein neues Abenteuer, das darauf wartete, entdeckt zu werden. Sie fühlte sich wohl in ihrer malerischen Kleinstadt, die von sanften Hügeln und einem üppigen Wald umgeben war – ein perfekter Ort für Abenteuer.

Die Schule, die sie besuchte, war für Kira ein zweites Zuhause, und ihre Klassenkamerad:innen waren wie eine erweiterte Familie für sie. Jeden Morgen erwachte sie mit einem Lächeln und genoss ihre feste Morgenroutine: Aufstehen, Anziehen, gemeinsames Frühstück mit ihrer Familie und dann der Weg in die Schule. Die frische Morgenluft kitzelte ihre Nase und belebte ihre

Sinne, während sie durch die charmanten Straßen der Kleinstadt zur Bushaltestelle schlenderte.

Kira war nicht nur eine fleißige Schülerin, die stets bemüht war, ihre Hausaufgaben rechtzeitig zu erledigen und gute Noten zu bekommen, sondern auch ein geselliger Mensch. In der Schule war sie von einer bunten Gruppe aus Freunden und Freundinnen umgeben, die zusammen lachten, spielten und die Pausen genossen. Kira liebte es, draußen herumzutollen, den Himmel zu beobachten und sich mit ihren Freund:innen über die unterschiedlichsten Themen auszutauschen.

„Schau mal, Kira! Sieht die Wolke dort nicht aus wie ein Einhorn?", rief ihre Freundin Lara mit funkelnden Augen und zeigte aufgeregt in den Himmel.

Kira lachte, während ihre Augen die Form der Wolke erfassten. „Du hast recht! Und die andere daneben sieht aus wie ein riesiges Stück Schokoladenkuchen!"

Sie spürte die unbeschwerte Freude, die sie mit Lara teilte, und konnte nicht anders, als ihr Herz vor Glück hüpfen zu spüren. Die Freundschaft und das Glück, das Kira in ihrer Schule fand, waren unbezahlbar. Jeder Tag war erfüllt von neuen Entdeckungen und endlosen Möglichkeiten, die ihre Welt zu einem Ort voller Magie und Wunder machten.

In ihrer Freizeit versank Kira gerne in der Welt der Bücher und Filme, die sie auf fantastische Reisen in ferne Länder und magische Welten mitnahmen. Sie liebte es, sich in der Fantasie zu verlieren und stellte sich oft vor, wie es wäre, ein anderes Leben zu führen oder gar ein mystisches Wesen zu sein. Ihre Träume waren so lebhaft und real, dass sie manchmal das Gefühl hatte, tatsächlich ein Teil dieser wunderbaren Welten zu sein.

An den Wochenenden traf Kira sich meistens mit ihrem besten Freund Lucas, mit dem sie die verschiedensten Abenteuer erlebte. Sie gingen gemeinsam ins Kino, unternahmen ausgedehnte Wanderungen in der Natur oder veranstalteten spannende Brettspielabende.

„Hey, Kira! Wie wäre es, wenn wir heute Nachmittag eine Fahrradtour zum Badesee machen und dort ein Picknick veranstalten?", schlug Lucas eines Tages vor, sein Gesicht voller Vorfreude.

Kiras Augen leuchteten auf, und sie strahlte vor Begeisterung. „Das klingt fantastisch! Lass uns das unbedingt machen!"

Die gemeinsame Zeit mit Lucas und ihren anderen Freund:innen war für Kira immer ein Quell der Freude und des Zusammenhalts. In ihrer Gesellschaft fühlte sie sich geborgen und glücklich, und sie wusste, dass sie sich auf ihre Freunde immer verlassen konnte.

Kiras Leben war insgesamt idyllisch und erfüllend, geprägt von Liebe und Geborgenheit. Sie war von Menschen umgeben, die sie schätzten und unterstützten, und konnte einer vielversprechenden Zukunft entgegenblicken. Ihre Tage waren erfüllt von Freundschaft,

Lachen und Entdeckungen.

Trotz dieser Harmonie spürte Kira tief in ihrem Inneren, dass sie sich von den anderen Mädchen in ihrer Klasse unterschied. Während viele ihrer Mitschülerinnen es vorzogen, ihre Freizeit mit Schminken und ausgiebigen Gesprächen über Jungs zu verbringen, zog es Kira hinaus ins Freie, um sich schmutzig zu machen und aufregende Abenteuer zu erleben.

„Ich fühle mich manchmal einfach anders.", gestand Kira eines Tages Lucas, während sie unter einem großen Baum saßen. „Aber das ist okay, oder?"

Lucas lächelte ihr warm zu. „Klar ist das okay! Du bist einzigartig und besonders, Kira. Du solltest dich nie für das, was dich ausmacht, entschuldigen."

Kiras Herz füllte sich mit Liebe und Dankbarkeit für ihren besten Freund, der sie immer verstand und unterstützte. Zusammen waren sie ein unschlagbares Team, bereit, die Welt zu entdecken und ihren eigenen Weg zu gehen.

Eines Tages saß Kira mit einigen Mädchen aus ihrer Klasse zusammen, und das Gespräch driftete in Richtung Schminke und die neuesten Modetrends.

„Kira, hast du schon die neue Lidschattenpalette von Enchanted-Nebula ausprobiert? Sie hat so tolle Farben!", schwärmte ihre Klassenkameradin Lisa, ihre Augen glänzend vor Begeisterung.

Kira zuckte mit den Schultern und antwortete:

„Nein, ich habe sie noch nicht ausprobiert. Um ehrlich zu sein, ich schminke mich nicht so oft. Ich mag es lieber, draußen aktiv zu sein und mich auf andere Weise auszudrücken." Sie lächelte verlegen und spielte mit einer Haarsträhne.

Die Mädchen tauschten überraschte Blicke aus, und Kira fühlte sich für einen Moment unwohl. Doch dann ergriff ihre Freundin Lara das Wort, ihre Augen voller Verständnis: „Hey, das ist doch das Tolle an uns allen – wir sind alle verschieden und haben unterschiedliche Interessen. Wir sollten uns gegenseitig für unsere Einzigartigkeit feiern, anstatt uns deswegen schlecht zu fühlen!"

Kira lächelte dankbar, und eine Welle der Erleichterung durchströmte sie. Die anderen Mädchen nickten zustimmend, und eine von ihnen, Sophie, fügte hinzu: „Genau! Es wäre ja langweilig, wenn wir alle genau gleich wären. Ich finde es cool, dass Kira so naturverbunden ist."

„Stimmt.", pflichtete Lisa bei. „Vielleicht könntest du uns ja mal zeigen, was du draußen so alles unternimmst, Kira. Ich bin neugierig, wie du deine Freizeit gestaltest."

Kira spürte, wie ihr Herz vor Freude hüpfte. Sie hatte nicht erwartet, dass ihre Klassenkameradinnen so offen und verständnisvoll reagieren würden. „Das wäre toll!", antwortete sie begeistert. „Vielleicht könnten wir ja mal zusammen wandern gehen oder ein Picknick im Park machen."

Die Mädchen stimmten zu, und Kira fühlte sich glücklich und akzeptiert. In diesem Moment verstand sie, dass es in Ordnung war, anders zu sein, und dass ihre Einzigartigkeit sie zu einer besonderen Person machte.

Kira fühlte sich oft magisch angezogen von dem nahegelegenen Wald, der ihr eine Freiheit und Ruhe bot, die sie nirgends sonst fand. Sie liebte es, den Geräuschen der Vögel und des Windes in den Bäumen zu lauschen, während sie ihre eigenen Gedanken und Fantasien erforschte.

Eines Nachmittags spazierte sie gemeinsam mit Lucas durch den Wald, und die beiden genossen die Stille, die sie umgab. Die Sonnenstrahlen brachen durch das grüne Blätterdach und tanzten auf dem Waldboden.

„Hey, Kira, worüber denkst du gerade nach?", fragte Lucas neugierig, als er bemerkte, wie sie in Gedanken versunken war.

Kira sah zu ihm auf und lächelte warmherzig. „Ich denke darüber nach, wie wunderbar es ist, dass wir alle unterschiedlich sind und unsere eigenen Wege gehen können. Ich bin froh, dass ich meine eigenen Interessen und Leidenschaften habe, auch wenn sie nicht immer den Erwartungen der anderen entsprechen."

Lucas nickte zustimmend und erwiderte: „Du hast so recht, Kira. Wir sollten uns immer treu bleiben und das tun, was uns glücklich macht, anstatt uns von anderen vorschreiben zu lassen, wie wir leben sollten." Seine Augen funkelten vor Entschlossenheit und Freude.

Gemeinsam setzten sie ihren Weg fort, den weichen Waldboden unter ihren Füßen spürend und die frische Waldluft einatmend. Immer auf der Suche nach neuen Abenteuern und bereit, ihre eigenen, einzigartigen Pfade im Leben zu beschreiten, egal, was andere von ihnen erwarteten. Kira und Lucas wanderten weiter durch den Wald, wissend, dass ihre Freundschaft und gegenseitige Unterstützung ihnen die Kraft geben würden, ihren eigenen Weg zu gehen und sich selbst treu zu bleiben, egal welche Herausforderungen auf sie warteten.

Am ersten Schultag nach den langen Sommerferien trafen sich Kira und Lucas wieder im Schulbus. Die beiden hatten sich während der Ferien nicht gesehen und waren gespannt darauf, ihre Erlebnisse und Abenteuer miteinander zu teilen.

„Hallo Lucas, schön dich wieder zu sehen!" sagte Kira zu Lucas, als sie sich auf den freien Platz neben ihm setzte.

„Hey Kira, finde ich auch. Wie war dein Sommer?", fragte Lucas neugierig.

Kira lächelte und antwortete: „Es war ganz schön, nichts Außergewöhnliches. Ich habe die meiste Zeit mit meiner Familie verbracht und ein bisschen entspannt. Und wie war dein Sommer?"

Lucas Augen leuchteten vor Begeisterung auf. „Mein Sommer war wirklich aufregend! Ich war mit meiner Familie für drei Wochen in Italien. Wir haben so viel gesehen und erlebt!"

„Wow, das klingt wirklich toll.", entgegnete Kira neugierig. „Erzähl mir mehr darüber. Was habt ihr alles gemacht?"

„Wir haben viele historische Städte besucht und sind durch wunderschöne Landschaften gewandert. Außerdem waren wir an der Amalfiküste und haben das kristallklare Wasser genossen.", schwärmte Lucas. „Und das italienische Essen war einfach unglaublich! Die Pizza war so knusprig und die Pasta so frisch – ich vermisse es jetzt schon."

Kira lächelte, während sie sich das köstliche Essen vorstellte. „Da bin ich echt ein bisschen neidisch. Aber ich hatte auch ein paar coole Erlebnisse. Ich war eine Woche im Sommercamp und habe viel Zeit in der Natur verbracht. Wir sind Kanu gefahren, haben gelernt, wie man im Wald überlebt und ich habe sogar Feuer mit einem Feuerstein gemacht!"

Lucas war beeindruckt. „Wow, das klingt doch auch nach einem spannenden Sommer! Wie war das Kanufahren? Hast du das schon mal vorher gemacht?"

Kira schüttelte den Kopf. „Nein, das war das erste Mal. Aber es war großartig! Ich habe es geliebt, draußen in der Natur zu sein und den Fluss hinunterzupaddeln.

Die Landschaft war so schön und friedlich."

Lucas runzelte die Stirn und fragte: „Und wie war es, Feuer mit einem Feuerstein zu machen? Das stelle ich mir ziemlich schwierig vor."

Kira nickte zustimmend. „Ja, es war nicht einfach, aber es hat auch Spaß gemacht. Ich habe viel dabei gelernt und es war ein tolles Gefühl, als ich es endlich geschafft habe, das Feuer zu entzünden. Meine Tante Clara, die im Camp als Betreuerin gearbeitet hat, hat mir dabei geholfen."

Lucas lächelte anerkennend. „Das ist wirklich beeindruckend, Kira. Ich freue mich darauf, auch im Unterricht wieder gemeinsam mit dir Neues zu lernen."

Kira erwiderte das Lächeln und fügte hinzu: „Ich freue mich auch, wieder mit dir in der Schule zu sein, Lucas. Lass uns gemeinsam das Beste aus diesem Schuljahr machen!"

Mit diesen Worten und voller Vorfreude auf das kommende Schuljahr begann für Kira und Lucas ein weiteres aufregendes Abenteuer in der Schule.

In den folgenden Wochen tauchten Kira und Lucas wieder voll in den Schulalltag ein. Sie trafen ihre alten Freund:innen, lernten neue Schüler:innen kennen und passten sich schnell wieder an den gewohnten Rhythmus von Unterricht, Hausaufgaben und Pausen an.

Ein paar Wochen nach Schulbeginn, an einem sonnigen Freitagnachmittag, war ein ganz besonderer Tag für

Kira. Es war der erste Oktober und sie war voller Vorfreude, denn heute feierte sie ihren vierzehnten Geburtstag. Sie hatte ihre engsten Freundinnen und Freunde sowie ihre gesamte Familie eingeladen, um diesen besonderen Anlass gebührend zu begehen.

Der Garten war festlich geschmückt, mit bunten Bal-
lons, Girlanden und Lampions, die fröhlich im Wind
baumelten. Auf dem großen Gartentisch stand eine be-
eindruckende, selbstgebackene Torte, die ihre Mutter
mit viel Liebe zubereitet hatte. Kira konnte es kaum erwarten, sie gemeinsam mit ihren Gästen zu vernaschen.

Die Gäste trafen nach und nach ein, und Kira begrüßte jeden einzelnen von ihnen mit einem strahlenden
Lächeln und offenen Armen. Zu ihren Freunden zählten
unter anderem ihre beste Freundin Lara, ihr bester
Freund Lucas und ihre Schulkamerad:innen Jonas und
Marie. Auch ihre Cousins und Cousinen kamen, um mit
ihr zu feiern.

Lara war die Erste, die eintraf. „Hallo Kira! Alles
Gute zum Geburtstag!", rief sie und umarmte Kira herzlich.

„Danke, Lara! Schön, dass du da bist. Du bist sogar
die Erste heute. Möchtest du etwas trinken?", fragte
Kira.

„Ja, bitte! Eine Limo wäre super. Deine Mutter macht
doch immer diese leckere Zitronenlimonade, oder? Hat
sie heute auch welche gemacht?"

„Natürlich! Komm, ich zeig dir, wo sie steht." Kira führte Lara zu dem großen Tisch, auf dem die Limo in einer hübschen Glaskaraffe mit Eiswürfeln bereitstand.

Während Kira und Lara sich ihre Gläser füllten, schlich Lucas sich heimlich von hinten an sie heran. „Hey Kira! Überraschung!", rief er und sprang sie plötzlich von Hinten an, um sie fest zu umarmen. „Alles Gute zum Geburtstag!"

Kira lachte und gab Lucas einen spielerischen Klaps auf die Schulter. „Du Spinner! Du kannst mich doch nicht so erschrecken! Aber schön, dass du heute da bist. Möchtest du auch eine selbstgemachte Limo?"

„Gern! Da sage ich nicht nein.", antwortete Lucas und nahm das Glas, das Kira ihm reichte.

Gegen halb drei trafen nach und nach Kiras Onkel, Tanten sowie ihre Cousins und Cousinen ein. Das Fest war nun in vollem Gange, und alle freuten sich darauf, gemeinsam Kiras Geburtstag zu feiern.

Als ihre Mutter schließlich die prächtige Geburtstagtorte mit vierzehn brennenden Kerzen schmückte, stimmten alle das „Happy Birthday"-Lied an. Kira hasste es eigentlich, im Mittelpunkt der Aufmerksamkeit zu stehen, aber sie konnte nicht anders, als sich geschmeichelt zu fühlen. Sie blies die Kerzen aus, während alle Eingeladenen applaudierten. Dann wurde die Torte an alle verteilt, und alle genossen die süße Köstlichkeit.

Den gesamten Nachmittag über spielten sie verschiedene Spiele, während sie leckeres Essen und Getränke genossen. Kiras Eltern hatten sogar einen aufblasbaren Whirlpool aufgestellt, in dem sich die alle bei Bedarf abkühlen konnten.

Um 17 Uhr, wie es bei Kiras Geburtstagsfeiern seit Jahren Tradition war, war es endlich Zeit für das Öffnen der Geschenke. Alle versammelten sich um Kira, die voller Vorfreude darauf wartete, die Präsente ihrer Freundinnen, Freunde und Familie auszupacken.

Sie öffnete zuerst das Geschenk ihrer besten Freundin Lara. Es war ein wunderschönes Armband mit einem Herzanhänger. Kira war gerührt und sagte: „Das ist wirklich wunderschön, Lara. Vielen Dank! Ich lege es gleich an."

Als Nächstes war das Geschenk ihrer Cousins und Cousinen dran. Sie hatten zusammengelegt und ihr ein Elektro-Longboard inklusive Schutzausrüstung besorgt. Kira konnte ihr Glück kaum fassen, denn sie hatte sich schon seit Wochen so eines gewünscht.

„Ihr seid der Wahnsinn! Wie habt ihr gewusst, dass ich mir schon seit Ewigkeiten ein Elektro-Longboard wünsche?", fragte Kira. Schmunzelnd antworteten ihr Cousine: „Wir haben da so unsere Quellen." Sie zwinkerte in die Richtung von Kiras Eltern, die schmunzelnd nickten.

Lucas Geschenk war ein Buch über Fabelwesen. Er

wirkte etwas unsicher, als er es ihr überreichte: „Ich hoffe, das Thema gefällt dir zum Lesen." Doch Kira beruhigte ihn sofort: „Na klar, du kennst mich doch! Ich lese total gerne alles, was mit Tieren zu tun hat – auch Fabelwesen. Vielen Dank, Lucas!"

Als die Dunkelheit einbrach, wurden die Lichterketten und Lampions im Garten eingeschaltet und tauchten das Fest in ein warmes, gemütliches Licht. Kurz darauf kam die lang ersehnte Lieferung an: Pizzen für Alle!

Kira fühlte sich von Liebe und Zuneigung umgeben, dankbar für all die Menschen, die an ihrem besonderen Tag anwesend waren und mit ihr feierten.

Während sie zusammen Pizza aßen, plauderten Kira und ihre Freund:innen angeregt über Schulgeschichten und gemeinsame Erinnerungen. Die Zeit verging wie im Flug, und alle genossen die entspannte Atmosphäre unter dem sternenklaren Himmel.

Als die Party langsam zu Ende ging, verabschiedeten sich die Gäste nacheinander, um den Heimweg anzutreten. Kira umarmte jede:n einzeln und bedankte sich für ihr Kommen und die wundervollen Geschenke.

Schließlich waren nur noch ihre engsten Freunde Lara und Lucas da. Die drei saßen noch eine Weile im Garten und schwelgten in Erinnerungen an gemeinsame Erlebnisse und Pläne für die Zukunft. Schließlich war es auch für Lara und Lucas an der Zeit, sich zu verabschieden.

„Danke, dass ihr heute hier wart.", sagte Kira mit einem warmen Lächeln. „Ihr seid die besten Freunde, die man sich wünschen kann."

Lara und Lucas erwiderten das Lächeln und umarmten Kira. „Wir sind immer für dich da, Kira. Egal, was passiert.", versicherte Lara, während Lucas zustimmend nickte.

Nachdem ihre Freunde gegangen waren, ging Kira ins Haus und ließ sich erschöpft, aber glücklich auf ihr Bett fallen. Sie dachte an den unvergesslichen Geburtstag und die liebevollen Menschen, die sie um sich hatte. Sie wusste, dass sie sich auf ihre Freund:innen und Familie verlassen konnte, egal was das Leben für sie bereithielt. Eingeschmiegt in ihre Kissen, schloss Kira die Augen und schlief ein, begleitet von süßen Träumen und der Gewissheit, geliebt zu sein.

Am Tag nach ihrem Geburtstag schlenderte Kira vormittags durch den Wald, tief einatmend und den Geruch von frischen Blättern und feuchtem Waldboden genießend. Sie liebte es, hier ihre Zeit zu verbringen, wo die Natur ihre Sinne belebte und sie ihre Gedanken frei schweifen lassen konnte. Der Wind streifte sanft durch die Äste und ließ die Blätter tanzen und rascheln, als ob sie eine geheime Melodie spielten, die nur sie verstehen konnten. Kira fühlte sich frei und glücklich, als ob sie Teil der Natur um sie herum war.

Sie folgte einem schmalen Pfad, der sich zwischen den Bäumen wand und tief in den Wald hineinführte.

Die Sonne schien durch die Blätter und ließ das Licht in einem wunderschönen Muster auf den Boden fallen. Kira fühlte sich, als ob sie in einem Märchenland war, wo alles möglich schien.

Der Wald war ihr sicherer Ort, ein Ort, an dem sie allein sein konnte, um ihre Gedanken zu sammeln und ihre Sinne zu schärfen. Sie schloss ihre Augen und lauschte dem Rauschen des Windes in den Bäumen und dem Zwitschern der Vögel, die in den Ästen spielten. Sie wusste, dass sie in diesem Moment wirklich lebendig war.

Kira wanderte weiter, tiefer in den Wald hinein, als sie plötzlich einen Lichtstrahl bemerkte, der zwischen den Bäumen hindurchsickerte. Sie folgte dem Licht und kam schließlich an einen kleinen Bach, der in der Sonne glitzerte. Sie setzte sich an das Ufer und genoss den kühlen Schatten, den die Bäume boten.

Während sie dort saß, ließ sie ihre Gedanken wandern und fragte sich, wie es wohl sein würde, wenn sie hier leben würde, weit weg von all dem Stress und der Hektik des Alltags. Aber dann erinnerte sie sich an ihre Familie und ihre Freunde und wusste, dass sie nicht ohne sie leben könnte.

Als sie so dasaß und träumte, hörte sie plötzlich ein Geräusch hinter sich und drehte sich um. Zu ihrer Überraschung sah sie eine kleine schwarze Spitzhündin, die sich hinter einem Baum versteckte und neugierig zu ihr herüberschaute. Kira näherte sich vorsichtig, um das

Tier nicht zu erschrecken, und streckte langsam ihre Hand aus.

„Hey, Kleine, hast du dich verlaufen?", flüsterte Kira sanft. Die Hündin schnupperte an ihrer Hand, schien ihre freundliche Absicht zu erkennen und trat mutig aus ihrem Versteck heraus. Kira streichelte das weiche Fell des Hundes und lächelte, als die Hündin zufrieden wedelte.

KAPITEL 2:
NEUE WELT

Zu ihrer Überraschung fing die Hündin an zu sprechen. „Hallo Kira, alles Gute nachträglich.", sagte die Spitzhündin. Die Stimme kam Kira seltsam vertraut vor.

„Clara, bist du das?", fragte Kira verwirrt und schaute genauer hin.

„Ja, das bin ich.", antwortete Clara und wedelte mit dem Schwanz. „Entschuldige, dass ich es gestern nicht zu deinem Geburtstag geschafft habe, aber ich habe heute dafür ein besonderes Geschenk für dich."

„Was tust du hier? Und wie... wieso bist du ein Hund?", fragte Kira ungläubig.

„Das ist eine lange Geschichte.", antwortete Clara und seufzte. „Aber ich denke, es ist an der Zeit, dass du die Wahrheit erfährst. Kira, ich habe eine besondere Gabe. Ich kann mich, seitdem ich vierzehn geworden bin, in einen Hund verwandeln." Plötzlich verwandelte sie sich zurück in ihre menschliche Gestalt.

Kira war sprachlos. Sie hätte nie gedacht, dass ihre Tante Clara eine solche Gabe besaß.

„Das ist unglaublich.", sagte Kira schließlich, als sie ihre Stimme wiedergefunden hatte.

Clara antwortete „Ich habe es immer als eine Last empfunden, aber ich habe gelernt, damit zu leben und es als Geschenk zu betrachten. Es ist eine Gabe, die uns in schwierigen Situationen helfen kann."

Kira war fasziniert von der Idee, dass sie auch eine Gabe haben könnte. Sie hatte nie etwas Außergewöhnliches an sich bemerkt, aber vielleicht gab es ja etwas, das sie noch nicht entdeckt hatte.

„Clara, ich wusste nicht, dass du eine Gabe hast. Glaubst du, dass ich auch eine habe?", fragte Kira neugierig.

„Ich bin mir sicher.", antwortete Clara. „Ich spüre, dass auch du dich auch verwandeln kannst. Ich denke sogar, dass deine Tierform ebenfalls eine Spitzhündin ist."

Kira war völlig schockiert. Sie hatte nie zuvor von solch einer Fähigkeit gehört und wusste nicht, was sie davon halten sollte. Doch irgendwie fühlte sie sich auch geehrt und neugierig.

„Kannst du mir beibringen, wie ich mich verwandle?", fragte Kira voller Vorfreude.

„Natürlich.", erwiderte Clara lächelnd. „Aber es wird Zeit und Übung erfordern, bis du alle Facetten des Verwandelns beherrschen wirst. Bist du bereit, diese Reise zu beginnen?"

Kira nickte entschlossen. „Ja, ich bin bereit. Ich möchte lernen, meine Gabe zu nutzen."

So begannen Kira und Clara, gemeinsam diese neue und aufregende Welt zu entdecken. Schritt für Schritt näherte sich Kira ihrer ersten Verwandlung und spürte, wie eine besondere Verbindung zwischen ihr und ihrer Tante entstand – eine Verbindung, die auf einer geheimnisvollen und magischen Gabe beruhte.

Tante Clara enthüllte, dass ihre Familie seit Generationen aus Wandlern bestand - Menschen, die die Fähigkeit besaßen, sich in Tiere zu verwandeln. Kira war über diese Offenbarung erstaunt und konnte es kaum fassen.

„Das ist wirklich unglaublich.", sagte Kira staunend. „Gibt es denn noch andere Wandler in unserer Familie?"

„Ja, viele Mitglieder unserer Familie haben diese Gabe.", erklärte Tante Clara. „Einige haben sie genutzt, um Gutes zu tun, andere wiederum haben sie für ihre eigenen Zwecke missbraucht."

Tante Clara versprach Kira, ihr beizubringen, wie sie ihre Fähigkeit kontrollieren und nutzen konnte. Kira wusste nicht, was die Zukunft für sie bringen würde, aber sie war bereit, alles zu lernen, was sie konnte.

„Sei dir aber bewusst, dass es Zeit und Geduld braucht, um diese Gabe zu meistern.", warnte Tante Clara. „Du musst lernen, auf deine innere Stimme zu hören und deinen Instinkten zu vertrauen."

Und so begann Kiras Abenteuer als Wandlerin. Sie wusste, dass ihr Leben nie wieder dasselbe sein würde, aber sie war bereit, die Herausforderungen anzunehmen, die vor ihr lagen.

„Komm mit.", sagte Clara und führte Kira tiefer in den Wald zu einer abgelegenen Lichtung. Dort erklärte sie ihr mehr über die Wandlerfähigkeit und wie sie kontrolliert werden konnte.

„Kira, du hast eine einzigartige Gabe.", begann Clara. „Es ist eine Last und auch ein Geschenk von unserer Familie, aber es kann auch gefährlich sein, wenn es nicht kontrolliert wird. Es kommt darauf an, was du damit machst."

Kira nickte ernst. „Ich verstehe, Tante Clara. Ich werde mein Bestes tun, um verantwortungsbewusst mit dieser Gabe umzugehen. Was genau muss ich tun?", fragte Kira unsicher.

„Nun, zuerst musst du lernen, wie man sich kontrolliert verwandelt und dann wieder zurückverwandelt. Es ist wichtig, dass du die Kontrolle behältst und vor Allem Anfangs nicht zu lange in deiner Tierform bleibst. Du musst auch lernen, wie man mit anderen Wandlerinnen und Wandlern kommuniziert, wie man in der Tierwelt überlebt und wie man sich in der Wildnis zurechtfindet.", erklärte Tante Clara geduldig.

Kira nickte eifrig und Tante Clara lächelte sie ermutigend an.

„Okay, lass uns mit deiner ersten Verwandlung beginnen. Atme tief durch und konzentriere dich auf das Gefühl in deinem Körper. Versuche, es zu kontrollieren. Du kannst es schaffen, ich glaube an dich. Stelle dir ganz bildlich vor, wie du dich in eine schwarze Spitzhündin verwandelst. Male dir aus, wie sich deine Hände und Beine in Pfoten verwandeln, wie Haare auf deinem Körper wachsen und wie sich dein Gesicht verändert. Stell es dir so genau wie möglich vor und lass es dann einfach geschehen."

Kira schloss die Augen und versuchte, sich auf das Gefühl in ihrem Körper zu konzentrieren. Sie konzentrierte sich auf das Bild einer schwarzen Spitzhündin in ihrem Kopf und spürte plötzlich, wie eine wohlige Wärme von ihrem Herzen aus durch ihren gesamten Körper strömte.

Die Wärme breitete sich weiter aus, und Kira spürte, wie ihre Muskeln begannen, sich zu verändern. Ihre Arme und Beine wurden kräftiger, ihre Körpergröße schrumpfte allmählich. Als nächstes bemerkte sie, wie sich ihr Rücken veränderte - die Wirbelsäule verlängerte sich und formte einen Schwanz, der sich langsam hinter ihr bildete.

Während die Veränderungen weiter voranschritten, spürte Kira ein leichtes Kribbeln auf ihrer Haut. Jedes einzelne Haar begann zu wachsen und bildete ein dichtes, weiches Fell, das ihren gesamten Körper bedeckte.

Kira fühlte, wie nun ihre Hände und Füße begannen, sich zu verändern. Ihre Finger schrumpften, ihre Nägel verwandelten sich in scharfe Krallen, und ihre Handflächen wurden zu weichen, gepolsterten Pfoten. Gleichzeitig veränderten sich auch ihre Füße, die Zehen wurden kürzer und die Fußsohlen verhärteten sich, um ihr als Hündin besseren Halt auf verschiedenen Untergründen zu bieten.

Schließlich spürte Kira, wie sich ihr Gesicht zu verändern begann. Es war ein seltsames, beinahe unbeschreibliches Gefühl, als ihre Nase sich langsam verlängerte und zu einer Schnauze wurde. Sie konnte fühlen, wie ihre Nasenlöcher größer wurden und sich ihre Nasenknochen veränderten. Ihre Zähne verwandelten sich ebenfalls, wuchsen spitzer und kräftiger, um die Bedürfnisse eines Hundes zu erfüllen.

Kiras Augen passten sich ebenfalls an, um besser im Dunkeln sehen zu können, und ihre Ohren veränderten sich, um mehr Geräusche aufnehmen zu können. Sie spürte, wie ihre Ohren sich verlängerten, spitzen und sich drehen konnten, um die Geräusche ihrer Umgebung besser aufzufangen.

Als die Verwandlung abgeschlossen war, öffnete Kira vorsichtig ihre neuen, hündischen Augen und blickte auf die Welt um sie herum. Sie nahm Gerüche und Geräusche wahr, die ihr zuvor verborgen geblieben waren, und fühlte sich mit ihrer Umgebung auf eine Weise verbunden, die sie nie zuvor erlebt hatte. Obwohl es ihr erstes Mal war, fühlte sie sich merkwürdig vertraut und wohl in ihrer neuen Gestalt - bereit, die Welt als Hündin zu erkunden und die Magie ihrer Wandlerinnentalente vollends zu entfalten.

Sie wedelte mit dem Schwanz und fühlte sich lebendig und frei. Sie sah Tante Clara an, bellte vor Freude und sprang übermütig um ihre Tante herum.

„Sehr gut, Kira!", rief Tante Clara stolz. „Jetzt konzentriere dich darauf, zurückzukehren in deine menschliche Form. Du solltest jetzt noch nicht allzu lange in deiner Tierform bleiben. Mit etwas Training kannst du später dann mehrere Stunden als Tier verbringen."

Sie schloss ihre hündischen Augen und konzentrierte sich auf ihr menschliches Selbst.

Die Wärme, die sie bei der Verwandlung in eine Hündin gespürt hatte, kehrte zurück, diesmal jedoch mit einem Gefühl der Leichtigkeit. Sie spürte, wie das dichte Fell, das ihren Körper bedeckte, langsam verschwand, und ihre Haut wieder zum Vorschein kam. Das Kribbeln auf ihrer Haut ließ nach, als jedes einzelne Haar auf seine ursprüngliche Länge zurückkehrte.

Kira spürte, wie ihre Gliedmaßen sich veränderten. Ihre Arme und Beine wurden länger und schlanker, ihre

Muskeln nahmen ihre menschliche Form an. Der Schwanz, der sich zuvor hinter ihr gebildet hatte, schrumpfte und verschwand, während ihre Wirbelsäule wieder ihre ursprüngliche Länge annahm.

Ihre Pfoten begannen sich zu verändern, ihre Krallen wurden zu Fingernägeln und ihre Finger wuchsen wieder auf ihre normale Länge. Die weichen, gepolsterten Pfoten wurden wieder zu menschlichen Handflächen.

Gleichzeitig verwandelten sich ihre Hinterpfoten zurück in Füße, die Zehen wurden länger und die Fußsohlen weicher.

Kiras Gesicht nahm wieder seine menschliche Form an. Ihre Schnauze schrumpfte, ihre Nase verkleinerte sich und die Knochenstruktur ihres Gesichts änderte sich, um ihre menschlichen Züge wiederherzustellen. Ihre Zähne wurden wieder kleiner und stumpfer, passend zu ihrem menschlichen Gebiss.

Die hündischen Augen passten sich wieder an das menschliche Sehvermögen an, und ihre Ohren schrumpften, verloren ihre Spitzen und nahmen wieder ihre gewohnte Position an den Seiten ihres Kopfes ein.

Als die Rückverwandlung abgeschlossen war, öffnete Kira ihre nun wieder menschlichen Augen und blickte auf die Welt um sie herum. Die intensiven Gerüche und Geräusche, die sie zuvor als Hündin wahrgenommen hatte, waren verschwunden, und ihre Sinne kehrten zu ihrer menschlichen Normalität zurück.

Sie fühlte sich erfrischt und erfüllt von der Erfahrung ihrer Verwandlung. Mit neuem Verständnis für die Welt um sie herum und für die Magie, die in ihr steckte, war Kira bereit, sich den Herausforderungen zu stellen, die ihr Leben als Wandlerin ihr bringen würde.

„Das war unglaublich!", rief Kira aufgeregt, noch immer von der Erfahrung berauscht.

„Ich weiß.", sagte Tante Clara lächelnd. „Es ist ein erstaunliches Gefühl, die Kontrolle über seine Fähigkeit zu haben und in der Lage zu sein, die Welt auf so eine verschiede Art zu erleben. Aber es ist wichtig, dass du sehr vorsichtig bleibst und nicht unüberlegt handelst. Es gibt auch Gefahren, die mit deinen Fähigkeiten einhergehen."

Kira nickte eifrig und spürte eine Mischung aus Aufregung und Ehrfurcht. Sie war bereit, ihre Fähigkeit weiter zu erkunden und zu lernen, wie man sie kontrolliert, und sie war neugierig, welche Möglichkeiten sich ihr nun eröffnen würden.

„Was machen wir als Nächstes?", fragte Kira neugierig.

„Nun, als nächstes werden wir daran arbeiten, deine Fähigkeiten zu verfeinern und verschiedene Techniken zu erlernen, um sicherzustellen, dass du stets die Kontrolle behältst. Außerdem werden wir lernen, wie man in der Tierwelt überlebt und wie man sich in der Wildnis zurechtfindet.", erklärte Tante Clara geduldig.

Tante Clara offenbarte Kira weitere Geheimnisse über die Welt der Wandlerinnen und Wandlern. Sie erzählte ihr, dass es noch viele andere Familien mit dieser Fähigkeit gab, und dass sie sich in der Regel gegenseitig unterstützten und beschützten.

Die nächsten zwei Wochen verbrachten Kira und Clara fast jeden Nachmittag miteinander, wobei Clara Kira zeigte, was es bedeutete, eine Wandlerin zu sein und ihr alles beibrachte, was sie wissen musste.

Kira hatte nicht nur gelernt, wie man sich in eine Hündin verwandelt und die Gestalt behält, sondern auch, wie man die Kräfte meistert, um in verschiedenen Situationen erfolgreich zu sein. Nachdem sie sich in ihrer Hündingestalt bewegt hatte, hatte sie die Welt aus einer ganz neuen Perspektive gesehen und die Natur auf eine Weise schätzen gelernt, die sie nie für möglich gehalten hätte.

Clara hatte Kira gezeigt, wie man durch den Wald rennt und Dinge riecht und spürt, die sie als Mensch niemals hätte wahrnehmen können. Kira hatte gelernt, wie man als Hündin springt und läuft, wie man sich verhält, wenn man auf andere Tiere trifft und wie man auf natürliche Weise in der Wildnis überlebt.

Während ihrer Trainingseinheiten hatte Kira auch gelernt, wie sie den Geruchssinn einer Hündin einsetzen konnte, um die Welt um sich herum besser wahrzunehmen. Sie hatte gelernt, wie man den Wind nutzt, um Dinge zu riechen, die weit entfernt sind, und wie man die Bewegungen von Tieren spürt, die sie als Mensch niemals hätte bemerken können.

Kira hatte auch gelernt, wie man in ihrer Hündingestalt kommuniziert. Sie hatte gelernt, wie man bellt, knurrt und andere Laute macht, um mit anderen Tieren zu interagieren. Sie hatte sogar gelernt, wie man als Hündin denken und handeln kann, um sich besser in die Tierwelt einzufügen.

Kira hatte die Natur immer genossen, aber jetzt hatte sie sie auf eine ganz neue Art und Weise erlebt. Sie hatte das Gefühl, dass sie ein Teil von etwas Größerem war, etwas Wildem und Ungezähmten, das sich durch den Wald bewegte und in der Natur lebte.

Die Trainingseinheiten waren manchmal anstrengend, aber Kira genoss sie wirklich. Sie genoss es, als Spitzhündin durch den Wald zu laufen und all die Dinge zu erleben, die sie sonst nie erlebt hätte. Sie fühlte sich frei und lebendig und wusste, dass sie eine besondere Gabe besaß, die sie immer nutzen konnte, wenn sie es wollte. Jeden Tag entdeckte sie mehr über ihre Fähigkeiten, ihre Umgebung und sich selbst, und ihre Begeisterung für ihr neues Leben wuchs stetig.

Während einer ihrer Unterrichtsstunden erklärte Tanta Clara weiter: „Es gibt auch eine Möglichkeit, andere Wandler zu erkennen, wenn sie in ihrer Tierform sind. Jede Wandlerin und jeder Wandler hat eine spezielle Aura, die in ihrer Tierform sichtbar wird. Es ist eine Art Glanz um ihre Augen, der sie identifiziert. Du musst lernen, diese Aura zu erkennen, damit du weißt, wer ein Wandler ist und wer nicht. Achte auch auf ungewöhnliches Verhalten, das darauf hindeuten könnte, dass jemand ein Wandler ist."

„Das klingt interessant.", sagte Kira aufgeregt. „Kannst du mir zeigen, wie man das macht? Gibt es auch eine Möglichkeit, sich mit anderen Wandlern zu verständigen, wenn sie in ihrer Tierform sind?"

„Natürlich,", sagte Tante Clara. „aber zuerst müssen wir noch ein paar Übungen machen, damit du deine Fähigkeiten verbessern kannst. Und ja, es gibt eine Art telepathische Verbindung zwischen Wandlern, die jedoch kaum zu erlernen ist, sondern meistens angeboren ist."

„Telepathie?" fragte Kira.

„Ja," antwortete Clara, „wie bereits erwähnt, kann man diese Fähigkeit kaum erlernen. Aber wenn zwischen zwei Wandlern eine außergewöhnlich tiefe Verbindung besteht, besteht die Möglichkeit, dass sie die Gedanken des anderen in ihrem Geist wahrnehmen können. Die Verbindung muss sehr, sehr tief sein und auch dann normalerweise einiges an Training benötigt."

Sie führten ihr Training fort und Clara brachte Kira bei, wie sie ihre Sinne schärfen konnte, um die Aura anderer Wandler zu erkennen. Sie führte Kira wieder zu dem kleinen Bach, der durch den Wald floss und forderte sie auf, sich in eine Hündin zu verwandeln und den Bach entlang zu laufen, während sie versuchte, die

Auren um sie herum wahrzunehmen.

Kira verwandelte sich in eine Spitzhündin und lief in einer anmutigen Bewegung entlang des Bachufers. Sie genoss die Freiheit und die Kraft, die sie als Hündin hatte. Sie konnte die Gerüche des Waldes und des Flusses viel intensiver wahrnehmen als zuvor. Während sie lief, versuchte sie, ihre Sinne zu schärfen, um die Auren anderer Wandler aufzuspüren.

„Sehr gut, Kira.", lobte Tante Clara. „Du bist eine natürliche Wandlerin. Ich spüre, dass du bald in der Lage sein wirst, die Auren anderer Wandler zu erkennen und mit ihnen zu kommunizieren." Sie verwandelte sich ebenfalls in ihre Spitzhündingestalt.

Kira wedelte mit dem Schwanz und sah Tante Clara an. Sie war bereit, mehr über diese Welt zu erfahren und ihre Fähigkeiten zu verbessern. Sie konnte es kaum erwarten, andere Wandler zu treffen und von ihnen zu lernen. Gleichzeitig war sie sich der Verantwortung bewusst, die mit ihren Kräften einherging, und entschlossen, sie weise und mit Bedacht einzusetzen.

Als sie am Ende des Bachs ankamen, sagte Tante Clara: „Schau mich an, Kira, schau tief in meine Augen und versuche, das Leuchten zu sehen, von dem ich dir erzählt habe, ich versuche es dir leichter zu machen und die Aura zu verstärken."

Kira schaute Tante Clara tief in die Augen und bemerkte allmählich einen leichten, leuchtenden Glanz um ihre Iris.

„Ich sehe eine Art Leuchten." Sagte Kira überrascht.

„Das ist meine Aura, die sichtbar wird, wenn man weiß, auf was man achten muss.", erklärte Tante Clara. „Jede Wandlerin und jeder Wandler hat eine einzigartige Aura, die sie identifiziert. Du musst lernen, diese Aura zu erkennen, damit du weißt, wer ein Wandler ist und wer nicht. Es ist eine wichtige Fähigkeit, um sich in dieser Welt zurechtzufinden und mit Gleichgesinnten in Kontakt zu treten."

Kira nickte eifrig und konzentrierte sich auf das Leuchten um Tante Claras Augen. Sie konnte es nun deutlicher sehen und wusste, dass sie diese Fähigkeit noch weiter entwickeln musste, um sie effektiv einzusetzen.

„Wir werden noch viel mehr lernen, Kira.", sagte Tante Clara. „Mit ein bisschen Training kannst du diese Aura in den Augen auch in den Menschenformen der Wandler sehen. Das wird dir helfen, Verbündete und mögliche Gefahren zu erkennen. Aber für heute ist es genug. Lass uns zurückgehen und dir ein gutes Essen machen. Du hast dir eine Pause verdient."

Kira wedelte mit dem Schwanz und freute sich auf die kommenden Abenteuer und Herausforderungen. Sie war begeistert von all den neuen Fähigkeiten, die sie erlernen würde und den Freund:innen, die sie unter den Wandlerinnen und Wandlern finden könnte. Sie wusste, dass ihr Leben nie wieder dasselbe sein würde, aber sie war bereit, in diese neue Welt einzutauchen und ihre Fähigkeiten als Wandlerin zu entfalten.

Als Kira sich dieses Mal von Tante Clara verabschiedete, spürte sie eine Mischung aus Aufregung und Nervosität. Sie dachte, dass es an der Zeit ist, ihrer Familie von ihren Fähigkeiten zu erzählen, aber sie wusste nicht, wie sie es sagen sollte. Sie fragte Tante Clara um Rat, die ihr versicherte, dass sie ihre Familie unterstützen würde, wenn es Zeit für das Gespräch wäre. Mit neuem Mut machte sich Kira auf den Weg nach Hause, bereit, ihre Fähigkeiten mit ihren Liebsten zu teilen.

Als sie nach Hause kam, saßen ihre Eltern bereits am Esstisch und unterhielten sich. Kira setzte sich zu ihnen, und sie begannen gemeinsam zu essen. Während des Essens wurde Kira jedoch immer nervöser und fing an, mit ihrem Besteck zu spielen.

„Was ist los, Kira?" fragte ihre Mutter besorgt.

„Ich muss euch etwas sagen.", begann Kira zögerlich. „Ihr werdet mich wohl für verrückt halten, aber ich muss es euch einfach sagen...", sie schluckte kurz „Ich kann mich in eine Hündin verwandeln."

Es folgte eine unangenehme Stille, bevor ihre Mutter schließlich fragte: „Wie meinst du das genau?"

Kira atmete tief durch und erklärte: „Ich habe Tante Clara vor zwei Wochen als schwarze Spitzhündin im Wald getroffen. Sie hat sich dann zurückverwandelt und hat es mir dann gezeigt, das selbst zu tun, und … nun ja… ich… ich kann es wirklich tun."

Ihre Mutter sah sie überrascht an und sagte dann erfreut: „Das ist erstaunlich, Kira. Ich dachte mir schon, dass jetzt langsam passieren müsste. Ich habe es dir nie erzählt, aber … auch ich kann mich in eine Spitzhündin verwandeln. Auch ich bin wie deine Tante eine Wandlerin. Ich war so alt wie du, als ich meine Fähigkeiten fand."

Kira war schockiert und fragte: „Warum hast du es mir nie gesagt?"

„Ich hatte Angst, dass du es nicht verstehen würdest.", gestand ihre Mutter. „Ich dachte, es wäre besser, wenn du ein normales Leben führst. Ich hätte nicht gedacht, dass Clara dir unser Geheimnis zeigt."

Ihr Vater räusperte sich und sagte: „Nun… Wenn das nun schon Thema ist, auch ich muss dir etwas sagen."

„Was du auch noch?" unterbrach Kira ihren Vater, ihre Augen weiteten sich vor Überraschung.

Er lächelte und nickte. „Ja, auch ich kann mich verwandeln. Mein Tier ist jedoch ein Bär. Alle in meiner und der Familie deiner Mutter sind Wandler."

Kira war völlig überwältigt von all den Offenbarungen und fragte sich, was noch alles in ihrer Familie vor sich ging.

„Das ist wirklich unglaublich.", sagte Kira, ihre Augen glänzten vor Neugierde. „Ich wusste nicht, dass alle in unserer Familie Wandler sind. Tante Clara hat nur gesagt, dass es einige gibt, aber nicht alle."

Ihre Eltern lächelten und sagten: „Es gibt noch viele weitere Dinge, die du über uns lernen wirst, Kira."

Nach dem Abendessen saßen sie noch zwei Stunden zusammen und sprachen über die Wandler, ihre Familiengeschichte und die damit verbundenen Verantwortlichkeiten. Schließlich wurde es spät, und es war Zeit für Kira, ins Bett zu gehen. Sie machte sich auf den Weg in ihr Zimmer, um zu schlafen und über all das nachzudenken, was sie heute erfahren hatte. Ihre ganze Familie waren Wandler. Wie viele von uns gibt es denn noch?

Obwohl sie wusste, dass sie noch viel zu lernen hatte, war sie bereit, in diese neue Welt einzutauchen und alles zu entdecken, was sie zu bieten hatte. Das Leben als Wandlerin würde sicherlich voller Abenteuer und Überraschungen sein.

KAPITEL 3:
EINE SELTSAME AURA

Kira hatte an diesem Tag in der Schule nichts Außergewöhnliches erwartet. Sie ging zur Schule, nahm an ihren Klassen teil und verbrachte Zeit mit ihren Freund:inen und ihrem besten Freund Lucas.

Am Vormittag saßen Kira und Lucas in ihrem Biologieunterricht. Die Sonne schien durch die Fenster des Biologie-Klassenraums, als Kira und Lucas gespannt auf ihren Stühlen saßen. Sie waren aufgeregt, denn heute stand das Thema Evolution auf dem Lehrplan - ein Thema, das sie aufgrund ihrer besonderen Verbindung zur Tierwelt besonders faszinierte.

„Ok, Klasse,", begann Herr Müller, ihr neuer, lebhafter Biologielehrer, „heute werden wir über die Evolution sprechen und wie sie uns hilft, die Vielfalt des Lebens auf der Erde zu verstehen."

Kira und Lucas tauschten aufgeregte Blicke aus und

lauschten gespannt den Worten ihres Lehrers.

„Evolution ist der Prozess, durch den sich Arten im Laufe der Zeit verändern und anpassen, um besser in ihrer Umwelt zu überleben.", erklärte Herr Müller. „Die treibende Kraft hinter der Evolution ist die natürliche Selektion, die von Charles Darwin im 19. Jahrhundert erforscht und beschrieben wurde."

Die Klasse hörte gebannt zu, während Herr Müller ein Beispiel für natürliche Selektion an der Tafel skizzierte - die berühmten Darwinfinken, deren unterschiedliche Schnäbel auf die verschiedenen Nahrungsquellen auf den Galapagosinseln zurückzuführen sind.

„Und was hat das mit uns Menschen zu tun?", fragte Lucas neugierig.

„Großartige Frage, Lucas!", lobte Herr Müller. „Auch wir Menschen sind das Ergebnis von Millionen von Jahren der Evolution. Unsere Vorfahren haben sich an verschiedene Umgebungen angepasst, was zur Entstehung verschiedener Rassen und Kulturen geführt hat."

Sie zeigte auf eine Abbildung des Stammbaums des Menschen an der Wand, die den gemeinsamen Vorfahren von Schimpansen und Menschen sowie die verschiedenen Stadien der menschlichen Evolution illustrierte.

Kira runzelte die Stirn. „Aber wie können wir sicher sein, dass das alles wahr ist? Es gibt doch so viele verschiedene Theorien über unsere Herkunft."

Herr Müller lächelte. „Das stimmt, Kira, es gibt viele Theorien. Aber die Evolutionstheorie ist die am besten belegte und anerkannte wissenschaftliche Erklärung für die Entstehung der Arten. Wir haben Fossilien, DNA-Analysen und viele andere Beweise, die diese Theorie stützen."

Während des Unterrichts diskutierte die Klasse verschiedene Beispiele für evolutionäre Anpassungen bei Tieren und Pflanzen. Am Ende der Stunde teilte Herr Müller ein Arbeitsblatt aus, auf dem die Schüler die Evolution eines fiktiven Tieres skizzieren sollten, das sich an eine bestimmte Umwelt anpasst.

Kira und Lucas arbeiteten direkt in der Pause gemeinsam an ihrem Entwurf. Sie skizierten ein Tier, das sich perfekt an das Leben in den Bäumen angepasst hatte - mit langen, kräftigen Gliedmaßen, scharfen Krallen und einem flexiblen Schwanz für den Gleichgewichtssinn.

Die nächste Stunde saßen Kira und Lucas in ihrem Englischunterricht, gespannt auf das, was ihre Lehrerin, Frau Hoffmann, für sie geplant hatte. Sie begann die Stunde mit einer neuen und aufregenden Aufgabe: Alle Schülerinnen und Schüler sollte ein Buch lesen und in der nächsten Woche eine ausführliche Buchbesprechung darüber halten.

„Das Buch sollte einen Bezug zur Natur haben.", erklärte sie. „Da ihr in letzter Zeit viel über Flora und Fauna gelernt haben, ist es nur passend, dass wir auch darüber lesen."

Lucas schlug vor, dass sie gemeinsam das Buch „Ruf der Wildnis" von Jack London lesen sollten.

„Ich habe es letzten Sommer gelesen.", erzählte er begeistert. „Es geht um einen Hund namens Buck, der in Kalifornien lebt und nach Alaska entführt wird. Dort muss er lernen, wie er überlebt und seine Instinkte nutzt, um sich in der Wildnis zurechtzufinden."

Kira nickte zustimmend. „Das klingt interessant. Ich habe es noch nie gelesen, aber ich habe von dem Buch gehört und wollte es schon immer mal lesen."

Frau Hoffmann gab ihnen Zeit, um in der Schulbibliothek Bücher auszusuchen und sagte ihnen, dass sie nächste Woche eine Zusammenfassung des Buches und ihre Gedanken darüber vor der Klasse präsentieren sollten.

Während der folgenden Tage arbeiteten Kira und Lucas eifrig an ihren Buchbesprechungen. Kira mochte das Buch sehr, sie fand es spannend zu lesen, wie Buck sich an das harte Leben in der Wildnis anpasst und sich seinen Platz unter den anderen Hunden erkämpft.

Lucas war ebenfalls von dem Buch begeistert. Er mochte die Art und Weise, wie der Autor die Gedanken und Emotionen von Buck beschrieb und wie er mit den anderen Hunden interagierte, besonders mit dem klugen und freundlichen Hund Spitz.

Als sie ihre Buchbesprechungen in der darauffolgenden Woche präsentierten, stellten sie fest, dass viele ihrer Mitschüler das Buch ebenfalls genossen hatten. Die Klasse diskutierte angeregt über die Themen des Buches wie die Natur, die Wildnis und die Beziehung zwischen Menschen und Tieren.

Am Ende der Stunde dankte Frau Hoffmann den Schülerinnen und Schülern für ihre hervorragenden Buchbesprechungen und ermutigte sie, mehr Bücher über die Natur zu lesen, um ihre Liebe und ihr Verständnis für die Umwelt zu vertiefen. Sie gab ihnen sogar eine Liste mit weiteren Buchempfehlungen, die sich mit ähnlichen Themen beschäftigten.

Nun war es Zeit zum Mittagessen. Lucas hatte Kira eingeladen, und sie freute sich darauf, sich mit ihm auszutauschen. Sie setzten sich gemeinsam an einen Tisch in der belebten Cafeteria, um zu Mittag zu essen. Sie unterhielten sich begeistert über die letzte Englischstunde, in der sie „Ruf der Wildnis" besprochen hatten.

Lucas fragte Kira „Was hältst du eigentlich von dem Buch? Hat es dich genauso fasziniert wie mich?"

Ich fand es wirklich interessant und auch ziemlich intensiv." antwortete sie ihm „Wie Buck von einem Haushund zu einem wilden Tier wird, ist faszinierend und zeigt, wie stark die Natur in uns ist."

Lucas erwiderte „Ja, das stimmt. Und ich denke, es zeigt auch, wie wichtig es ist, dass Tiere in ihrer natürlichen Umgebung leben und nicht zwangsweise gezähmt werden sollten."

„Absolut. Es ist traurig zu sehen, wie viele Wildtiere in Gefangenschaft leben müssen." sagte Kira nachdenklich „Aber ich denke, der Wald hier in der Nähe ist ein gutes Beispiel dafür, wie Tiere in ihrer natürlichen Umgebung leben können."

Lucas nickte zustimmend. „Ja, ich liebe den Wald. Hast du jemals einen Bären oder ein anderes wildes Tier im Wald gesehen? Das wäre doch ziemlich aufregend!"

Kira schüttelte ihren Kopf. „Nein, ich habe noch nie einen Bären gesehen. Aber ich habe gehört, dass es Pumas und Wölfe im Wald gibt. Und ich habe auch schon einige Rehe und Kaninchen gesehen, das war auch schon beeindruckend."

Aufgeregt sagte Lucas „Wow, das ist echt cool! Ich würde wirklich gerne mal einen Puma oder Wolf sehen." und grinste dabei. „Aber du hast recht, es ist besser, aus sicherer Entfernung zu bleiben und sie in Ruhe zu lassen."

„Auf jeden Fall. Wir sollten den Wald respektieren und seine Bewohner in Ruhe lassen. Aber es ist immer noch schön, hier zu sein und die Natur zu genießen."

Lucas stimmte ihr zu. „Da hast du absolut recht. Es ist wichtig, dass wir uns um unseren Planeten kümmern und unsere Umwelt schützen."

„Genau. Ich denke, es ist wichtig, dass wir uns bewusst sind, was wir tun und wie wir unser Leben leben.

Und der Wald ist ein großartiger Ort, um daran erinnert zu werden, wie schön und wertvoll unsere Welt ist."

Kira verstummte für einen Augenblick, aber dann redeten sie noch begeistert über ihre Lieblingscharaktere und welche Szenen sie am meisten berührt hatten. Als sie fertig mit dem Essen waren, begannen sie wieder über den Wald und seine Bewohner zu sprechen, darüber, wie sie selbst dazu beitragen könnten, die Natur und die Tiere zu schützen und welche Projekte es in ihrer Umgebung gab, um dies zu unterstützen. Die Zeit verging wie im Flug, und sie waren sich einig, dass sie in Zukunft noch öfter solche Gespräche führen wollten, um voneinander zu lernen und sich gegenseitig zu inspirieren.

„Ich frage mich, wie es wäre, in einem Baumhaus im Wald zu leben.", sagte Kira träumerisch, als sie ihren Blick aus dem Fenster der Cafeteria auf die Bäume draußen richtete. Sie stellte sich vor, wie sie in den Baumwipfeln schaukelte und ein Leben führte, das von der Natur umgeben war.

„Das wäre echt cool,", stimmte Lucas zu, während er sich ebenfalls in die Idee hineinversetzte. „aber ich glaube, es wäre schwierig, ohne Strom und fließendes Wasser zu leben. Und was ist mit dem Internet? Könnten wir darauf verzichten?"

Kira lachte und antwortete: „Vielleicht wäre es eine gute Gelegenheit, uns von all den Ablenkungen der modernen Technologie zu lösen. Wir könnten lernen, uns auf die wichtigen Dinge im Leben zu konzentrieren und mehr Zeit in der Natur verbringen."

„Ja, aber denk mal daran, wie nah wir den Tieren wären.", fuhr sie fort, ihre Augen leuchteten vor Begeisterung. „Wir könnten sogar ihre Geräusche hören und riechen. Stell dir vor, wie es wäre, morgens von Vogelgesang geweckt zu werden und den Duft von frischem Moos und feuchter Erde in der Nase zu haben."

Lucas lächelte bei dem Gedanken und sagte: „Das klingt unglaublich. Wir könnten auch viel über die Tierwelt lernen, indem wir sie direkt beobachten. Vielleicht könnten wir sogar unsere eigenen Nahrungsmittel anbauen und ein nachhaltiges Leben führen."

Kira nickte zustimmend: „Genau! Wir könnten Obstbäume pflanzen und einen Gemüsegarten anlegen. Es wäre so erfüllend, unser eigenes Essen anzubauen und zu ernten."

Während sie weiter darüber sprachen, malten sie sich aus, wie ihr Leben im Baumhaus aussehen könnte. Sie dachten an Seilbrücken, die von Baum zu Baum führen, Hängematten zum Entspannen und sogar an ein Teleskop, um den Sternenhimmel zu beobachten.

„Und was ist mit Freunden und Familie?", fragte Lucas nachdenklich. „Würden sie uns besuchen kommen? Oder würden wir uns einsam fühlen, so abgeschieden im Wald?"

Kira zuckte die Schultern und antwortete: „Vielleicht

könnten wir ein kleines Gästehaus oder ein paar Zelte für Besucher haben. Ich glaube, es wäre schön, unsere Liebsten an diesem besonderen Ort teilhaben zu lassen."

Die beiden verbrachten den Rest der Mittagspause damit, über ihr imaginäres Leben im Baumhaus zu sprechen und sich vorzustellen, wie es wäre, in Harmonie mit der Natur zu leben. Sie wussten, dass es nur ein Tagtraum war, aber die Vorstellung, so nah an der Natur zu sein, ließ sie den Wald und seine Bewohner noch mehr schätzen.

Nach zwei langen Nachmittagsstunden war es endlich Zeit, nach Hause zu gehen. Kira und Lucas saßen im Schulbus, der sie zurück in ihre Nachbarschaft bringen sollte. Es war ein kalter und regnerischer Nachmittag, und das Geräusch des Regens, der unermüdlich gegen die Fenster des Busses prasselte, erfüllte die Stille im Inneren. Kira schaute aus dem Fenster und betrachtete die graue Landschaft draußen, die Bäume und Sträucher, die unter dem stetigen Regen triefend nass waren. Lucas saß neben ihr, vertieft in sein Handy, als er durch verschiedene Nachrichten und soziale Medien scrollte.

Kira beobachtete ihn einen Moment lang, bevor sie ihn schließlich ansprach: „Was denkst du gerade?", fragte sie neugierig, als sie sich zu ihm umdrehte.

„Über was?", fragte Lucas, ohne den Blick von seinem Handy abzuwenden, aber er spürte, dass Kira auf eine tiefere Frage hinauswollte.

„Über den Wald und die Tiere.", antwortete Kira

nachdenklich. „Ich habe das Gefühl, dass wir so viel lernen können, wenn wir uns nur Zeit nehmen, um zuzuhören und zu beobachten. Vielleicht könnten wir sogar ein Projekt oder so etwas starten, um unsere Mitschüler für die Natur und den Umweltschutz zu sensibilisieren."

Lucas legte sein Handy zur Seite, beeindruckt von Kiras Idee, und sah sie an. „Ja, du hast Recht.", sagte er. „Es ist erstaunlich, wie viel man über die Natur lernen kann, wenn man bereit ist, ihr zuzuhören. Und ich finde deine Idee eines Projekts großartig. Wir könnten Lehrer und andere Schüler einbeziehen und vielleicht sogar Exkursionen in den Wald organisieren."

Kira nickte zustimmend und sah wieder aus dem Fenster, während ihre Gedanken weiterschweiften. Sie dachte an all die Abenteuer, die sie und Lucas im Wald erlebt hatten, und wie viel sie über die Tiere und Pflanzen gelernt hatten. Der Gedanke an ihre gemeinsamen Erlebnisse ließ ihr Herz warm werden, und sie spürte eine tiefe Verbundenheit zur Natur.

„Hey, über was grübelst du denn gerade so angestrengt nach?", fragte Lucas und unterbrach ihre Gedanken.

„Ich denke darüber nach, wie viel wir schon gemeinsam erlebt haben.", antwortete Kira. „Ich bin wirklich dankbar dafür, dich als Freund zu haben."

Lucas lächelte und legte seinen Arm um Kiras Schultern. „Ich bin auch dankbar dafür, dass ich dich an meiner Seite habe.", sagte er. „Wir werden sicher noch viele Abenteuer zusammen erleben."

Kira lächelte und legte ihren Kopf auf seine Schulter, als der Bus seine Fahrt fortsetzte und langsam aber sicher näher an ihr Zuhause heranfuhr.

Als Kira Lucas tief in die Augen blickte, bemerkte sie plötzlich ein ungewöhnliches, schimmerndes Leuchten, das seine Augen umgab. Sie spürte instinktiv, dass etwas nicht stimmte, und ihr Herz klopfte heftig in ihrer Brust.

Lucas Augen schienen ein Geheimnis zu bergen, das sie noch nie zuvor gesehen hatte. Es war, als ob eine verborgene Kraft in ihm aufwachte und sich entfaltete. Könnte das eine Aura sein? Kira fragte sich, ob Lucas möglicherweise ebenfalls ein Wandler sein könnte. Aber sie hatte ihn nie in einer Tiergestalt gesehen und fand es schwer vorstellbar, dass er sich in ein Tier verwandeln würde.

In ihrem Kopf wirbelten Gedanken und Fragen durcheinander, aber sie beschloss, dass sie Lucas bei der nächsten Gelegenheit darauf ansprechen würde. Als der Bus an Kiras Haltestelle hielt, stand sie auf und rief: „Mach's gut, Lucas! Wir sehen uns morgen."

„Tschüss, Kira.", erwiderte er lächelnd und winkte ihr nach.

Kira stieg aus dem Bus und machte sich auf den Weg

nach Hause. Die seltsame Aura um Lucas Augen ließ sie nicht los. Was ging vor sich? War er tatsächlich ein Wandler? Oder gab es eine andere Erklärung dafür?

Während sie nach Hause ging, spürte sie eine Mischung aus Neugier und Nervosität. Die Antworten, die sie suchte, könnten ihre Freundschaft mit Lucas für immer verändern. Doch sie wusste, dass sie der Wahrheit auf den Grund gehen musste, um ihre eigenen Gefühle und die rätselhafte Verbindung, die sie zu Lucas spürte, zu verstehen.

KAPITEL 4:
LUCAS GEHEIMNIS

Am Tag darauf saßen Kira und Lucas nachmittags zusammen bei ihr zuhause am Esstisch in der Küche. Sie hatten gerade zusammen Hausaufgaben gemacht und waren nun dabei, einen Snack zu sich zu nehmen. Die Sonne schien durch das Küchenfenster und tauchte den Raum in warmes Licht.

Kira starrte abwesend an Lucas vorbei und dachte daran, was die letzten Tage alles passiert ist. Ihre Verwandlung und die Aura, die sie in Lucas Augen gesehen hatte. Sie fragte sich, ob sie ihm davon erzählen sollte.

Lucas hatte das Gefühl, dass Kira etwas verheimlichte, und fragte sie besorgt: „Ist alles in Ordnung? Du bist irgendwie still heute. Seit gestern bedrückt dich doch etwas, oder nicht?"

Sie schreckte etwas zusammen und sah zu ihm auf. „Was? Ja, alles okay.", antwortete sie schnell und wandte ihren Blick wieder ihren Snacks zu. Ihre Hände zitterten leicht.

Lucas sah sie skeptisch an. „Nein, ist es nicht. Du bist total abwesend. Was ist los?"

Kira seufzte und lehnte sich zurück. „Ich weiß nicht, ich denke nur über so viele Dinge nach. Was mir in letzter Zeit alles passiert ist, meine Zukunft, meine Familie... es ist alles irgendwie überwältigend."

Lucas nickte verständnisvoll. „Ja, ich kann verstehen, dass das alles viel auf einmal ist. Aber du weißt doch, dass wir immer für dich da sind und dich unterstützen werden, egal was passiert. Willst du darüber reden was dir denn passiert ist? Noch hast du mir nichts gesagt."

Kira lächelte leicht. „Ja, das weiß ich. Danke, Lucas. Du bist wirklich ein guter Freund."

„Immer wieder gerne.", sagte Lucas und lächelte zurück. „Aber vergiss nicht, dass du nicht alles alleine tragen musst. Reden hilft oft schon sehr viel. Und jetzt los, rede mit mir, was ist los?"

Kira nickte zustimmend. „Es ist etwas schwer zu erklären. Aber ich denke, ich habe eine Art Fähigkeit, die ich nicht wirklich verstehe.", sagte Kira zögerlich und spielte nervös mit ihren Fingern.

„Was für eine Fähigkeit?" fragte Lucas verwirrt, seine Neugier geweckt.

Kira atmete tief durch, bevor sie antwortete: „Ich

denke, ich kann meine Gestalt verändern. In ein Tier verwandeln, um genau zu sein. Und ich vermute, dass du mich verstehst, denn ich habe etwas in deinen Augen gesehen gestern im Bus... eine seltsame Aura..."

Lucas starrte sie verblüfft an. „Was? Das kann doch gar nicht sein. Wie meinst du das?"

Kira zögerte wieder und Lucas spürte, dass sie sich unwohl fühlte. Er legte ihr eine Hand auf den Arm und sagte: „Es ist in Ordnung, du kannst mir alles erzählen, ich denke ich kann dich verstehen."

Nach einem Moment des Schweigens und Zögerns seufzte Kira schließlich und gestand: „Ich kann mich in eine Hündin verwandeln."

Lucas schaute sie erstaunt an. Er konnte es kaum glauben, was ihm Kira da erzählte, aber als er an seine eigene Fähigkeit dachte, erkannte er, dass es durchaus möglich war. Konnte es sein? Konnte Kira auch eine Wandlerin sein? Er sah Kira mit großen Augen an und fragte: „Kannst du es mir zeigen?"

Kira nickte entschlossen und stand auf. Sie ging ein paar Schritte von Lucas weg, um genügend Platz zu schaffen. Dann begann sie, sich zu konzentrieren, während Lucas sie aufgeregt und fasziniert beobachtete. Ihre Gestalt begann sich zu verändern, und vor seinen Augen verwandelte sie sich langsam aber stetig in eine schwarze Spitzhündin.

Lucas war begeistert und sprang auf, um sie zu umarmen. Er ging vorsichtig auf die Hündin zu, die nun an seiner Stelle stand. Während dieser Umarmung verwandelte sich Kira wieder zurück in ihre Menschengestalt, und Lucas fand sich in den Armen seiner besten Freundin wieder.

„Das ist unglaublich! Ich wusste gar nicht, dass es noch jemanden gibt, der das kann! Ich wusste doch, ich habe im Bus deine Aura sehen können, konnte es aber gar nicht glauben, dass auch du eine Wandlerin wie ich sein könntest!", rief er aus.

Kira grinste, offensichtlich erleichtert darüber, dass Lucas so positiv reagierte. „Ich dachte, du würdest mich für verrückt halten, wenn ich mich geirrt hätte…", sagte sie, „… Aber schön zu wissen, dass ich mich nicht getäuscht habe, als ich deine Aura in deinen Augen gesehen hatte. Unglaublich, mein bester Freund ist ein Wandler!"

Lucas schüttelte den Kopf, immer noch überwältigt von dem, was gerade geschehen war. „Ja, das ist absolut unglaublich. Ich bin so froh, dass wir darüber sprechen konnten. Ich kann mich übrigens in einen grauen Wolf verwandeln. Vielleicht könnten wir zusammen üben und herausfinden, wie wir diese Fähigkeiten nutzen können."

Die beiden Freunde unterhielten sich lange und intensiv darüber, was es bedeutete, ein Wandler zu sein. Sie tauschten ihre bisherigen Erfahrungen aus, erzählten sich von den Herausforderungen, die sie dabei erlebt hatten, und sprachen über ihre Hoffnungen und Ängste im Zusammenhang mit ihren besonderen Fähigkeiten. Lucas gab Kira hilfreiche Tipps, wie sie ihre Verwandlungsfähigkeit besser kontrollieren und beherrschen konnte.

Während ihrer Unterhaltung wurde ihnen klar, dass sie gemeinsam viel stärker waren und mehr über ihre Fähigkeiten lernen könnten. Deshalb beschlossen sie, ihre Kräfte gemeinsam zu trainieren und zusammen mehr über ihre besonderen Fähigkeiten herauszufinden. Es war ein aufregender Gedanke, mit einem anderen Wandler zusammen zu sein und die Geheimnisse ihrer Gabe zu erforschen.

Nicht nur das – sie begannen auch, darüber nachzudenken, ob es vielleicht noch mehr Menschen wie sie gab und wie sie diese finden könnten. Vielleicht gab es ja eine ganze Gemeinschaft von Wandlern, die ihre Kräfte im Verborgenen lebten und sich gegenseitig unterstützten.

Kira wusste, dass sie einen Freund gefunden hatte, mit dem sie ihre Verwandlungsfähigkeit teilen konnte, und das gab ihr Sicherheit und Hoffnung. Sie fühlte sich nicht mehr so allein und verloren mit ihrem Geheimnis. Gemeinsam würden sie die Geheimnisse ihrer Gabe lüften und die Welt mit anderen Augen sehen.

Das Wissen, dass sie einen Verbündeten an ihrer

Seite hatte, machte Kira glücklich und stärkte ihr Selbstvertrauen. Die Freundschaft zu Lucas wuchs mit jedem gemeinsamen Erlebnis und sie freute sich auf die vielen Abenteuer, die sie in der Zukunft gemeinsam bestreiten würden.

KAPITEL 5:
DIE WILDERER

Kira und Lucas trafen die Entscheidung, ihre Verwandlungsfähigkeiten einzusetzen, um den nahegelegenen Wald gründlich zu erkunden. Bevor sie loszogen, besprachen sie, wie sie vorgehen wollten und welche Strategien sie anwenden könnten, um sich unauffällig zu bewegen. Dann verwandelten sie sich in ihre Tierformen – Kira in die schwarze Spitzhündin und Lucas in den grauen Wolf – und machten sich auf den Weg in die Tiefen des Waldes.

Es war ein unbeschreibliches und atemberaubendes Gefühl, sich als Tiere in der freien Natur zu bewegen und die Welt aus einer ganz anderen Perspektive zu erleben. Kira und Lucas genossen jede Sekunde, in der sie in ihren Tierformen durch den Wald streiften, die verschiedenen Gerüche, Geräusche und Empfindungen wahrnahmen und die Natur auf eine Weise erkundeten, wie sie es als Menschen nie hätten tun können.

Schon seit einiger Zeit bemerkten Kira und Lucas, wildernde Personen im Wald ihr Unwesen trieben. Immer wieder gab es Berichte von verschwundenen Tieren, aufgebrochenen Fallen und verdächtigen Geräuschen in der Nacht. Die beiden Freunde fühlten sich verpflichtet, diesen Menschen das Handwerk zu legen und sie aus ihrem geliebten Wald zu vertreiben. Sie glaubten, dass ihre Fähigkeiten als Tiere ihnen einen entscheidenden Vorteil verschaffen würden, um sie aufzuspüren und ihnen Einhalt zu gebieten.

Während sie durch den Wald streiften, hielten Kira und Lucas Ausschau nach Anzeichen von Wilderern. Sie nutzten ihre geschärften Sinne, um Spuren zu finden und folgten diesen behutsam. Dabei kommunizierten sie in ihrer Tiergestalt durch Blicke und Körpersprache, um sich gegenseitig auf dem Laufenden zu halten und ihre nächsten Schritte abzustimmen.

Als Hund und Wolf konnten Kira und Lucas den Geruch der Wilderer viel besser wahrnehmen als in ihrer menschlichen Form. Sie folgten der Duftspur, während sie durch den Wald streiften. Schließlich stießen sie auf eine Gruppe von Wilderern, die eine Falle aufgestellt hatten, um ein Reh zu fangen. Kira und Lucas beobachteten, wie die Männer das Reh betäubten und es gerade auf ein Quad gebunden hatten. Sie waren empört und fest entschlossen, etwas zu unternehmen.

Kira warf Lucas einen entschlossenen Blick zu und

rannte dann los. Sie bellte laut, um die Wilderer zu erschrecken und ihre Aufmerksamkeit auf sich zu ziehen. In der Zwischenzeit lief Lucas geschickt hinter das Quad und versuchte mit seinen scharfen Zähnen, die Seile zu zerkauen, die das Reh festhielten. Die Wilderer waren überrascht, als sie die Tiere sahen und wussten nicht, wie sie reagieren sollten. Einer von ihnen zückte sein Betäubungsgewehr und richtete es auf Kira und Lucas.

Lucas knurrte bedrohlich, um die Männer zu warnen, dass sie besser verschwinden sollten. Aber die Wilderer blieben standhaft und zielten weiterhin auf die beiden Tiere.

Kira und Lucas warfen sich einen kurzen Blick zu und beschlossen, ein Risiko einzugehen. Sie stürmten gemeinsam auf die Männer zu und verwendeten ihre Krallen und Zähne, während sie um sie herumrannten und sie in die Enge trieben. Kira und Lucas setzten ihren Angriff unerbittlich fort und jagten die Wilderer durch den Wald. Einer von ihnen stolperte schließlich in eine Falle, die er selbst gestellt hatte, und verletzte sich dabei schwer. Die anderen Männer waren so verängstigt, dass sie panisch das Weite suchten.

Kira und Lucas kehrten zum Reh zurück und halfen ihm vorsichtig, sich aus den engen Seilen zu befreien. Das Reh blickte dankbar auf seine Retter und zog sich langsam, aber sicher in den Schutz des Waldes zurück. Die beiden Tiere waren glücklich, dass sie das Reh gerettet hatten, und stolz auf das, was sie gemeinsam erreicht hatten.

Kira und Lucas schauten sich an und lächelten zufrieden. Sie wussten, dass sie die Wilderer nicht für immer vertreiben konnten, aber sie hatten zumindest einen kleinen Sieg errungen und eine klare Botschaft gesendet, dass sie den Wald und seine Tiere beschützen würden.

„Ich bin so froh, dass wir das Reh gerettet haben.", sagte Kira mit einem Seufzer der Erleichterung. „Es wäre eine Schande gewesen, wenn sie es mitgenommen hätten."

„Ich bin ebenfalls froh, dass wir die Wilderer vertrieben haben.", erwiderte Lucas entschlossen. „Ich kann es nicht ausstehen, wenn Menschen Tiere verletzen und ihnen Leid zufügen."

Um sicherzustellen, dass das Reh unverletzt war, folgten sie ihm langsam und schwanzwedelnd auf einige Distanz. Das Reh schien sich gut zu erholen und ging langsam vor ihnen her.

Es war ein aufregendes Erlebnis für die beiden Freunde und Wandlungsgefährten. Sie fühlten sich stolz und mutig, dass sie das Reh gerettet und die Wilderer verscheucht hatten. Es war auch ein Moment der Erkenntnis für sie, dass sie ihre Fähigkeiten nutzen konnten, um Gutes zu tun und anderen zu helfen. Dieses Erlebnis schweißte sie noch enger zusammen und bestärkte sie in ihrer Absicht, ihre Kräfte weiterhin für den Schutz der Natur einzusetzen.

Kira und Lucas blieben bei dem geretteten Reh, um sicherzustellen, dass es unverletzt blieb und sich erholen konnte. Sie beschlossen, dem Tier zu folgen und zu sehen, wo es sie hinführen würde, um mehr über seine Welt zu erfahren.

Das Reh führte sie zu einem abgeschiedenen Teil des Waldes, der von hohen Bäumen und dichtem Unterholz umgeben war. Hier legte es sich schließlich nieder, um sich von dem Stress der Verfolgung und den Anstrengungen des Tages zu erholen. Kira und Lucas blieben in der Nähe und verbrachten den Rest des Tages mit dem Reh. Sie spielten mit ihm, streichelten seine weichen Flanken und pflegten es.

Obwohl es sich um ein normales Tier und keinen Wandler handelte, hatten Kira und Lucas eine starke Verbindung zu ihm. Sie fühlten sich mit der Natur verwurzelt und genossen die Freiheit, die sie in ihrer Tiergestalt hatten, während sie in der Nähe des Rehs verweilten.

Die Sonne begann langsam unterzugehen und hüllte den Wald in ein warmes, goldenes Licht. Kira und Lucas wussten, dass es schließlich Zeit wurde, nach Hause zurückzukehren. Sie verabschiedeten sich herzlich vom Reh, das mittlerweile wieder zu Kräften gekommen war und ihnen dankbar in die Augen blickte.

Gemeinsam machten sie sich auf den Weg zurück nach Hause, genossen den Spaziergang durch den immer dunkler werdenden Wald und tauschten Geschichten und Abenteuer aus ihrer Vergangenheit aus. Sie sprachen über ihre Träume, ihre Ängste und ihre Hoffnungen für die Zukunft und lernten dabei noch mehr übereinander.

In diesem Moment fühlten sich Kira und Lucas enger verbunden als je zuvor. Sie wussten, dass sie nicht nur ihre Wandlungsfähigkeiten teilten, sondern auch ihre Liebe zur Natur und ihren Wunsch, sie zu beschützen. Und das gab ihnen das Gefühl, dass sie gemeinsam jede Herausforderung meistern könnten, die ihnen das Leben noch bieten würde.

Als Kira schließlich zu Hause ankam, erzählte sie ihren Eltern von ihrem aufregenden Abenteuer im Wald und von Lucas. Sie erklärte ihnen voller Begeisterung, dass sie einen anderen Wandler getroffen hatte und wie sie gemeinsam das Reh vor den Wilderern gerettet hatten.

Ihre Eltern waren überrascht und gleichzeitig stolz auf ihre Tochter, dass sie so mutig gewesen war und ihre Fähigkeiten zum Schutz der Natur eingesetzt hatte. Sie fragten Kira viele Fragen über Lucas, seine Verwandlungsfähigkeit und wie sie ihn kennengelernt hatte. Kira erklärte alles, was sie wusste, und versicherte ihren Eltern, dass sie sich sicher fühlte und gut aufgehoben war, wenn sie mit Lucas zusammen war.

Nachdem sie das Abendessen gemeinsam genossen hatten, beschloss Kira, ins Bett zu gehen. Sie war müde von all dem Laufen und den aufregenden Ereignissen des Tages. Bevor sie einschlief, dachte sie noch einmal an Lucas und das gerettete Reh und freute sich auf zukünftige Abenteuer. Kira lag in ihrem Bett und überlegte, welche anderen Tiere sie in der Zukunft vielleicht noch kennenlernen und beschützen könnten. Sie stellte sich vor, wie sie und Lucas Seite an Seite standen und gemeinsam gegen Ungerechtigkeit und Gefahren kämpften.

Während sie all diese Gedanken durch ihren Kopf schwirren ließ, begann sie, sich immer mehr mit ihrem neuen Freund verbunden zu fühlen. Sie war dankbar dafür, jemanden gefunden zu haben, der sie verstand und ihre Gabe teilte. Kira lächelte bei dem Gedanken, wie schön es war, diese besondere Freundschaft zu haben, und freute sich darauf, Lucas besser kennenzulernen.

Schließlich übermannte die Müdigkeit Kira und sie schlief ein, ihre Träume erfüllt von spannenden Abenteuern und der wunderbaren Freundschaft, die sie mit Lucas geteilt hatte. In ihrem Herzen wusste sie, dass dies der Beginn von etwas Großem und Bedeutendem war – nicht nur für sie, sondern auch für die Welt um sie herum.

KAPITEL 6:
TIERISCHE HELFER

In den darauffolgenden Schulwochen war für Kira und Lucas wenig Aufregung geboten. Sie verbrachten die meiste Zeit in der Schule, hörten ihren Lehrer:innen aufmerksam zu und erledigten ihre Hausaufgaben. Doch sobald sie damit fertig waren, verwandelten sie sich in ihre Tiergestalten und streiften gemeinsam durch den Wald, auf der Suche nach neuen Abenteuern.

Eines Abends, als die Sonne langsam hinter den Bäumen versank und der Wald in ein sanftes Dämmerlicht getaucht wurde, hörten sie das Klagen eines verängstigten Vogels. Neugierig folgten sie dem Geräusch und fanden schließlich einen kleinen Vogel, der in einem Astloch feststeckte. Kira und Lucas wussten genau, was zu tun war – sie mussten den Vogel befreien.

„Wir müssen ihm helfen.", sagte Kira entschlossen und eilte zum Baum, an dem der Vogel feststeckte. Lucas folgte ihr und sie stellten fest, dass der Vogel mit seinem Flügel im Astloch feststeckte und sich nicht selbst befreien konnte.

Gemeinsam überlegten sie, wie sie dem Vogel am besten helfen konnten. „Vielleicht sollten wir versuchen, den Ast zu brechen.", schlug Lucas nachdenklich vor.

Kira zögerte. „Aber dann würden wir den Baum beschädigen und vielleicht den Vogel selbst verletzten.", wandte sie ein, immer darauf bedacht, ihre Umwelt zu schonen.

„Stimmt, das sollten wir vermeiden.", sagte Lucas und nickte zustimmend. „Aber wir können den Flügel vielleicht ganz vorsichtig aus dem Astloch herausdrehen."

Kira nickte zustimmend und fasste behutsam nach dem Vogel. Ganz langsam versuchte sie den Vogel und seinen Flügel zu drehen und vorsichtig aus dem Astloch zu ziehen. Der Vogel schien erleichtert und bewegte sich nicht in Kiras Händen. Schließlich konnte sie seinen Flügel befreien.

Mit einem erleichterten Zwitschern hüpfte der Vogel auf den Boden und flatterte mit seinen Flügeln. Kira und Lucas beobachteten ihn, wie er sich langsam erhob und unsicher auf einen nahen Baum flog. Sie lächelten zufrieden und fühlten sich gut, dass sie einem Tier in Not helfen konnten.

„Das war eine gute Tat.", sagte Kira und sah zu

Lucas. „Ich bin froh, dass wir zusammen waren, um dem Vogel zu helfen."

„Ja, das war ein tolles Gefühl.", sagte Lucas und lächelte zurück. „Und ich bin dankbar, dass ich diesen Moment mit dir teilen konnte."

Sie beschlossen, noch eine Weile in der Nähe zu bleiben, um sicherzustellen, dass es dem Vogel gut ging und er sich erholt hatte. Während sie dort saßen, tauschten sie Geschichten über ihre bisherigen Abenteuer aus und träumten von den vielen Erlebnissen, die sie noch gemeinsam haben würden.

Dann bemerkten sie, wie der Vogel langsam zu Kräften kam. Er hob seinen Kopf und begutachtete seine Umgebung mit wachsendem Selbstvertrauen. Kira und Lucas konnten sehen, wie sich die Federn des Vogels aufplusterten und glänzten, während er seine Flügel vorsichtig ausbreitete und sie prüfend auf und ab bewegte.

Nach einem Moment des Zögerns setzte der Vogel seine Beine in Bewegung und stieß sich kraftvoll vom Ast ab. Mit einigen kräftigen Flügelschlägen gewann er an Höhe und fand seinen natürlichen Rhythmus in der Luft. Sie beobachteten, wie er höher und höher in den Himmel aufstieg, sich geschickt durch die Luftströmungen navigierte und schließlich als kleiner Punkt am Horizont verschwand.

Kira und Lucas schauten ihm nach, wie er in die Weiten des Himmels entschwand, und fühlten eine Mischung aus Bewunderung und Freude darüber, dass sie ihm dabei geholfen hatten, wieder in die Freiheit zu gelangen.

Am nächsten Tag waren Kira und Lucas nach der Schule wieder unterwegs, diesmal am Waldrand spazieren, als sie in der Ferne ein seltsames Geräusch hörten. Sie lauschten aufmerksam und beschlossen, dem Geräusch auf den Grund zu gehen. Als sie näherkamen, sahen sie einen kleinen Fuchs, der in einem Dornenbusch feststeckte und verzweifelt versuchte, sich zu befreien.

„Oh nein, der arme Kleine hat sich im Dornenbusch verfangen!", sagte Kira besorgt und blickte auf den Fuchs.

„Wir müssen ihm unbedingt helfen.", antwortete Lucas entschlossen.

Gemeinsam näherten sie sich vorsichtig dem verängstigten Fuchs, der immer noch versuchte, sich aus den dornigen Ästen zu befreien. Kira hielt den Dornenbusch vorsichtig beiseite, während Lucas mit behutsamen Bewegungen den Fuchs aus dem Busch zog.

Der Fuchs zappelte und wehrte sich anfangs, aber schließlich befreite sich sein Körper aus dem Dornengestrüpp. Er sah sich um, schien aber zum Glück unverletzt zu sein.

Kira streichelte dem Fuchs vorsichtig über den Rücken. „Wir sollten ihn jetzt zurück in den Wald bringen, bevor er von einem größeren Raubtier entdeckt wird oder er sich erneut verletzt.", schlug Lucas vor.

Gemeinsam begleiteten sie den Fuchs tiefer in den Wald und ließen ihn schließlich in einer geschützten Lichtung frei. Der Fuchs sah sich um, als ob er den beiden noch einmal danken wollte, und rannte dann fröhlich davon.

„Das war ein aufregendes Abenteuer.", sagte Kira, als sie zusahen, wie der Fuchs im Wald verschwand.

„Ja, es fühlt sich wirklich gut an, einem anderen Lebewesen zu helfen.", antwortete Lucas und lächelte.

Kurz darauf hörten sie ein lautes Schreien im Wald, das sie aufhorchen ließ. Als sie sich umdrehten, sahen sie einen Raubvogel hoch oben in den Bäumen. Der Vogel hatte ein kleines Kaninchen in den Klauen und flog davon.

„Das arme Kaninchen!", rief Kira entsetzt. „Wir müssen ihm helfen."

Lucas nickte entschlossen. „Lass uns ihm folgen."

Kira und Lucas verfolgten den Raubvogel und sahen schließlich, wie er das Kaninchen in einem Baum niederließ. Das Kaninchen war in Schockstarre und bewegte sich nicht mehr.

„Gut, dass ich klettern kann.", sagte Lucas und machte sich bereit, den Baum hinaufzusteigen.

Während Lucas schnell auf den Baum kletterte, bereitete Kira eine kleine Trinkflasche vor und gab dem Kaninchen etwas zu trinken, um es zu beruhigen, sobald Lucas es befreit hatte. Mit Geschick gelang es Lucas, das Kaninchen aus den Krallen des Vogels zu befreien, und er reichte es vorsichtig an Kira weiter.

Als das Kaninchen sich etwas erholt hatte, sahen Kira und Lucas, dass es blutete und Verletzungen an den Pfoten hatte. Sie wussten, dass es dringend tierärztliche Hilfe benötigte.

„Wir müssen das Kaninchen mit nach Hause nehmen und es versorgen.", sagte Kira und wickelte das Tier vorsichtig in eine Decke.

Lucas stimmte zu und trug das Kaninchen behutsam auf seinem Arm. Zu Hause angekommen, suchten sie sofort das Internet nach tiermedizinischen Fachpersonal in der Nähe. Sie fanden eine Tierärztin, die auf Wildtiere spezialisiert war und auch sofort bereit war, das Kaninchen zu behandeln.

Dort angekommen, wurde das Kaninchen sofort untersucht und bekam Medikamente, um seine Schmerzen zu lindern und seine Verletzungen zu heilen. Kira und Lucas besuchten das Kaninchen regelmäßig und halfen bei der Pflege.

Währenddessen unterhielten sie sich über ihre Erlebnisse im Wald und wie sie gemeinsam Tieren in Not geholfen hatten. Sie waren stolz darauf, etwas Gutes tun zu können und das Kaninchen auf seinem Weg zur Genesung zu begleiten.

Nach einigen Wochen war das Kaninchen wieder vollständig genesen und bereit, in die freie Wildbahn zurückzukehren. Kira und Lucas brachten es in den Wald und ließen es frei. Das Kaninchen hoppelte davon und verschwand bald aus ihrem Blickfeld, drehte sich aber kurz davor nochmal um und es schien, dass es den beiden zuwinkte.

Kira und Lucas waren glücklich, dass sie dem Kaninchen helfen konnten. Sie wussten, dass sie in Zukunft immer bereit waren, Tieren in Not zu helfen, egal wo und wann. So wurden sie zu den Helfern des Waldes und kümmerten sich um die Tiere, die in Not waren. Ihre Abenteuer wurden zu einer unvergesslichen Erfahrung, und sie wuchsen immer enger zusammen – bereit, gemeinsam weiteren Tieren zu helfen.

Als die Woche sich dem Ende zuneigte, freuten sich Kira und Lucas auf das bevorstehende Wochenende. Sie wussten, dass sie wieder in den Wald gehen und den Tieren helfen konnten. Sie waren glücklich, dass sie einen Weg gefunden hatten, ihre Fähigkeiten zu nutzen und Gutes zu tun.

Am Freitagabend saßen Kira und Lucas in ihrem Lieblingscafé und planten, wie sie ihre Zeit am Wochenende am besten nutzen könnten.

„Wir könnten morgen früh in den Wald gehen und schauen, ob es Tiere gibt, die unsere Hilfe brauchen.", schlug Kira vor.

Lucas nickte begeistert. „Ja, das klingt nach einer großartigen Idee! Und vielleicht finden wir auch neue Orte im Wald, die wir noch nicht erkundet haben."

Kira lächelte und stimmte zu. „Vielleicht können wir auch ein kleines Picknick machen, während wir dort sind."

Nachdem sie ihre Pläne gemacht hatten, verabschiedeten sie sich voneinander und machten sich auf den Heimweg. Kira ging glücklich ins Bett und schlief mit dem Gedanken ein, dass sie und Lucas die Tierwelt zu einem besseren Ort machen konnten.

Am nächsten Morgen trafen sich Kira und Lucas am Waldrand, ihre Rucksäcke gefüllt mit Proviant und einer Decke für das Picknick. Sie liefen in den Wald hinein und begannen ihre Suche nach Tieren in Not.

Während sie durch den Wald wanderten, sprachen sie darüber, wie schön es war, sich zum Wohle der Tiere einzusetzen. Sie fühlten sich geehrt und stolz, Teil einer so wichtigen Aufgabe zu sein.

„Es ist unglaublich, wie viel wir bereits bewirken konnten.", sagte Kira, während sie an einem plätschernden Bach entlanggingen.

„Ja, und das ist erst der Anfang.", erwiderte Lucas. „Ich freue mich darauf, noch mehr Abenteuer mit dir zu erleben und gemeinsam die Welt zu einem besseren Ort zu machen."

Nachdem sie einige Stunden im Wald verbracht und mehreren Tieren geholfen hatten, legten sie ihre Decke unter einem großen Baum aus und genossen ihr Picknick. Umgeben von der Schönheit der Natur und der Zufriedenheit ihrer guten Taten, fühlten sich Kira und Lucas stärker verbunden denn je.

Als die Sonne langsam unterging, packten sie ihre Sachen und machten sich auf den Rückweg nach Hause, bereit für ein weiteres Wochenende voller Abenteuer und Fürsorge für die Tiere in ihrer Umgebung.

KAPITEL 7:
DIE WANDLERIN

Am nächsten Morgen trafen sich Kira und Lucas wie besprochen im Wald. Sie hatten sich vorgenommen, eine abgelegene Gegend zu erkunden, von der sie gehört hatten, dass es dort viele wilde Tiere gab. Sie hatten ihre Rucksäcke mit Wasser, Proviant und einer Karte des Gebiets gepackt, um sich auf das Abenteuer vorzubereiten.

Sie folgten einem schmalen Pfad, der sich zwischen den Bäumen schlängelte. Die Vögel zwitscherten fröhlich und die Blätter raschelten unter ihren Füßen, als sie vorbeigingen. Ein sanfter Wind wehte durch die Wipfel der Bäume und brachte den süßen Duft von Blumen und Gräsern mit sich.

„Es ist so friedlich hier.", bemerkte Kira und atmete tief ein.

Lucas stimmte ihr zu. „Ja, ich liebe es, wie die Natur hier so unberührt erscheint."

Sie kamen an einem kleinen Bach vorbei, der durch das dichte Unterholz floss. Das Wasser glitzerte in der Sonne und plätscherte leise. Kira beugte sich hinunter und berührte das kühle Wasser mit ihrer Hand. Sie spürte, wie es zwischen ihren Fingern hindurch rann.

„Das Wasser ist so erfrischend.", sagte sie, während sie das Wasser über ihre Handgelenke laufen ließ.

Während sie weitergingen, sahen sie viele verschiedene Tiere. Ein Eichhörnchen hüpfte von Ast zu Ast, ein Rehkitz sprang über den Weg und ein Fuchs huschte durch das Gebüsch. Kira und Lucas beobachteten sie alle, ohne sich zu bewegen, um sie nicht zu stören.

„Es ist beeindruckend, wie viele verschiedene Arten von Tieren hier leben.", flüsterte Lucas, als sie das Rehkitz beobachteten.

Kira nickte zustimmend. „Ja, wir sind wirklich privilegiert, solch eine Vielfalt erleben zu können."

Als sie tiefer in den Wald hineingingen, wurde es immer ruhiger und dunkler. Das Sonnenlicht, das durch die Blätter gefiltert wurde, schien jetzt nur noch wie helle Punkte auf dem Boden. Kira und Lucas gingen weiter, bis sie an einen kleinen See kamen. Das Wasser war still und klar, und sie konnten die Fische darin schwimmen sehen.

Kira setzte sich an den Rand des Sees und zog ihre Schuhe aus. Sie ließ ihre Füße ins Wasser hängen und spürte die Kühle des Sees. Lucas setzte sich neben sie und sie saßen eine Weile still da, lauschten den Geräuschen der Natur und tauschten sich über ihre Gedanken und Gefühle aus.

„Ich wünschte, wir könnten jeden Tag solche Abenteuer erleben.", sagte Kira, als sie schließlich wieder aufstanden und ihren Weg fortsetzten.

Lucas lächelte und nickte. „Wer weiß, vielleicht können wir das eines Tages. Für jetzt sollten wir jeden Moment genießen, den wir hier gemeinsam verbringen können."

Der Duft von nassem Moos und Farnen hing in der Luft, als Kira und Lucas tiefer in den Wald hineinwanderten. Sie kamen schließlich zu einer kleinen Lichtung, die wie ein versteckter Schatz wirkte. Dort standen alte Baumstämme, die vom Wind umgeblasen worden waren und jetzt verrotteten. Sie boten Unterschlupf für viele kleine Lebewesen und bildeten einen natürlichen Kreislauf des Lebens.

Es gab auch eine Stelle, an der Pilze in unterschiedlichen Farben und Formen wuchsen. Kira und Lucas Mägen knurrten, und sie stellten fest, dass sie Hunger hatten. Sie begannen die Pilze zu sammeln, achteten jedoch darauf, nur die essbaren Exemplare auszuwählen.

Während sie die Pilze betrachteten, bemerkten sie eine kleine, recht gut versteckte Hütte in der Nähe, die von Bäumen und Sträuchern umgeben war. Sie warfen sich neugierige Blicke zu und beschlossen, die Hütte näher zu untersuchen.

Sie näherten sich vorsichtig und sahen durch das Fenster eine Frau, die gerade ihr Mittagessen zubereitete. Kira und Lucas beschlossen, sich ihr vorzustellen, und klopften an die Tür.

Die Tür öffnete sich langsam und eine ältere Dame erschien im Türrahmen. Sie begrüßte Kira und Lucas freundlich mit einem warmen Lächeln. Sie sah aus wie eine normale ältere Dame, aber etwas an ihr war anders. Kira konnte es nicht erklären, aber sie spürte eine gewisse Vertrautheit in ihrer Präsenz.

„Entschuldigung, dass wir stören.", begann Lucas. „Wir haben Ihre Hütte entdeckt und wollten uns vorstellen. Mein Name ist Lucas und das ist Kira."

Die Frau nickte und musterte die beiden aufmerksam. „Es freut mich, euch kennenzulernen. Mein Name ist Alida."

Kira schaute Alida genau an. Irgendetwas an ihr kam Kira komisch vor. Sie sah ihr tief in die Augen und konzentrierte sich auf ihre Wandlerfähigkeiten. Einige Sekunden später konnte Kira ein schwaches Leuchten um Alidas Augen sehen. Nun wusste sie warum sie dieses Gefühl von Vertrautheit hatte.

Kira konnte ihre Neugier nicht mehr zurückhalten und fragte: „Entschuldigen Sie die Frage, aber sind Sie auch... anders? Ich meine, so wie wir?"

Alida bemerkte Kiras Aufmerksamkeit und lächelte. „Ich denke, du hast es herausgefunden.", sagte sie und nickte mit ihrem Kopf. „Ich bin eine Wandlerin, genau wie du.", erklärte Alida und sah zu Lucas. „Und du auch."

Kira und Lucas sahen sich verblüfft an. Kira hatte noch nie zuvor eine andere Wandlerin außerhalb ihrer Familie getroffen. Sie waren neugierig und konnten es kaum erwarten, mehr über Alida und ihre Erfahrungen zu erfahren.

Alida erzählte ihnen von den verschiedenen Arten von Wandler:innen und wie einige von ihnen ihre Tiergestalt ganz nach Wunsch ändern konnten. Sie erklärte, dass diese Fähigkeit äußerst selten war und nur sehr wenige Wandlern damit gesegnet waren.

Kira und Lucas hörten aufmerksam zu und stellten viele Fragen, um mehr über diese faszinierende Welt zu erfahren. Sie fanden Alida sehr interessant und beschlossen, sie öfter zu besuchen, um von ihr zu lernen.

Die Frau lud sie ein, Platz zu nehmen und ein warmes Mittagessen zu genießen. Sie teilten ihre gesammelten Pilze und kochten gemeinsam das Mittagessen zu Ende. Während sie aßen, erzählten Kira und Lucas von ihren eigenen Fähigkeiten und Abenteuern im Wald. Alida schien ihre Geschichten zu genießen und lachte herzlich über ihre Erlebnisse.

Nachdem sie ihr Mittagessen beendet hatten, verbrachten sie noch einige Zeit damit, über ihre Erlebnisse zu plaudern. Sie tauschten Erfahrungen aus und Alida gab ihnen einige Ratschläge, wie sie ihre Fähigkeiten weiterentwickeln könnten.

Kira und Lucas machten sich mit aufgeregten Herzen auf den Heimweg. Sie waren dankbar für die Gelegenheit, eine andere Wandlerin kennenzulernen und mehr über ihre Fähigkeiten zu erfahren. Sie wussten, dass dies der Anfang eines neuen Abenteuers war und dass es noch viel zu entdecken gab.

Gemeinsam beschlossen sie, ihrer Tante Clara einen Besuch abzustatten, um sie über diese besonderen Fähigkeiten zu befragen. Clara war eine erfahrene Wandlerin, die in einer kleinen aber gemütlichen Hütte am Rande des Waldes lebte. Sie hatte sich dort zurückgezogen, um in Ruhe ihre Wandlerfähigkeit auszuleben und mit der Natur im Einklang zu sein.

Als sie bei ihrer Tante ankamen, wurden sie von dem Duft frischgebackenen Brotes und dem fröhlichen Zwitschern der Vögel begrüßt. Tante Clara öffnete die Tür und umarmte sie herzlich.

„Schön, dass ihr beide mich besucht, wir haben uns ja schon ein paar Tage nicht mehr gesehen." sagte Clara und lächelte beide an.

Kira antwortete „Ja, die Schule lässt uns wenig Zeit. Aber heute Nachmittag haben wir eine Wandlerin im Wald getroffen. Kennst du Alida?"

Clara schüttelte den Kopf „Nein, die kenne ich nicht. Ich habe aber auch wenig Kontakt zu Wandlern in der Nähe. Ich weiß nur dass es eine Gruppe von Wandlern gibt, die sich vor den Menschen irgendwo hier verstecken, aber auch die habe ich noch nie getroffen."

Lucas fragte Clara „Sie hat uns davon erzählt, dass die gegebene Tierform nicht die einzige ist, an die man als Wandler gebunden ist. Kannst du uns da etwas dazu sagen?"

„Ja, das ist wahr." antwortete Clara „Jedoch sind die meisten Wandler an ihre Gestalt gebunden. Nur wenige besitzen die Fähigkeit, sich in mehrere Tierarten zu verwandeln. Diese Fähigkeit ist sehr selten und erfordert ein großes Maß an Talent und auch Übung."

„Wow, das klingt beeindruckend!" freute sich Lucas „Gibt es irgendwelche besonderen Tricks oder Methoden, um das zu erlernen?"

Clara überlegte einen kurzen Moment bevor sie antwortete „Nun, es gibt keine festen Regeln. Jeder Wandler ist einzigartig und jeder hat unterschiedliche Fähigkeiten. Aber im Allgemeinen sind eine starke Vorstellungs- und Willenskraft, sowie Ausdauer entscheidend. Um in verschiedene Tiere zu wechseln muss sich der Wandler auf das Wesen des Tieres konzentrieren und eine Verbindung zu ihm aufbauen um sich wirklich in das Tier hineinversetzen zu können."

Sie winkte sie nach drinnen „Aber jetzt kommt erstmal rein."

Tante Clara schenkte ihnen Tee ein und kramte ihre Keksdose hervor, von der sich alle drei bedienten.

„Wie lange dauert es denn um so etwas zu lernen, Tante Clara? Ist es gefährlich?" fragte Kira.

„Nun ja, es kann gefährlich sein, wenn man es nicht richtig macht. Es kann Wochen oder aber auch Jahre dauern, wie gesagt jeder Wandler ist einzigartig. Ein Wandler muss zuerst seine eigene Tierform meistern, bevor er versuchen sollte, weitere Formen zu erlernen. Es gibt einige Techniken die helfen könnten. Was ich bisher gelesen habe ist, dass man ein Tier suchen soll, das nahe an der eigenen Form ist, da hier die Verbindung meistens schneller aufgebaut werden kann. Wenn ich als Spitz jetzt versuchen würde mich in einen Fisch zu verwandeln wäre das wohl direkt zum Scheitern verurteilt, weil die beiden Tiere komplett unterschiedlich sind. Ich denke bei mir wäre es, wenn denn überhaupt möglich, wenn ich mich auf eine andere Rasse konzentriere, wie etwa einen Huskey oder einen Pudel. Aber ich habe es nie versucht und es reizt mich eigentlich auch nicht. Mir gefällt meine Form." sagte Clara und lachte.

Lucas meinte „Aber es muss doch fantastisch sein, sich in verschiedene Tiere verwandeln zu können. Ich liebe es ja ein Wolf zu sein, aber wenn ich mir vorstelle ich könnte mich in einen Vogel verwandeln und könnte dann durch die Luft fliegen, oder aber als mächtiger Löwe durch die Savanne zu streifen…" Lucas schaute gedankenverloren in die Luft.

„Stimmt!" sagte Kira „Das klingt aufregend, aber ich bin mir nicht sicher ob und wie ich das schaffen könnte.

Meinst du ich könnte es versuchen, Tante Clara?"

„Kira, du bist eine sehr talentierte Wandlerin, aber es liegt an dir, ob du diesen Weg gehen möchtest. Es wird viel Zeit, Mühe und Hingabe erfordern, aber wenn du bereit bist, das alles zu investieren, bin ich hier, um dir zu helfen. Aber auch ich werde Hilfe brauchen um euch zu unterstützen, entweder von anderen Wandlern oder irgendwelchen Schriften. Entscheide weise und bedenke immer, dass große Macht auch große Verantwortung mit sich bringt." antwortete Clara.

„Wenn du das vorhast," sagte Lucas zu Kira gewandt „werde ich dir helfen und mit dir Trainieren."

Während sie zusammen weiter ihren Tee schlürften, erzählte Tante Clara den beiden von einer Legende über eine uralte Wandlerin, die in der Lage war, ihre Tiergestalt nach Belieben zu ändern und dadurch unglaubliche Kräfte erlangte.

Tante Clara zeigte ihnen einige Übungen und Techniken, die sie im Laufe der Jahre gesammelt hatte, um ihre Konzentration und ihr Bewusstsein zu stärken. Kira und Lucas waren begeistert von den neuen Möglichkeiten, die sich ihnen eröffneten, und bedankten sich herzlich bei ihrer Tante, bevor sie sich auf den Weg zurück in den Wald machten, um weiter zu üben.

Sie wussten, dass es ein langer Weg sein würde, um diese Fähigkeit zu erlernen, aber sie waren bereit, alles dafür zu geben, um diese mächtige Fähigkeit zu erlangen.

KAPITEL 8:
DAS BUCH

Kira und Lucas waren in der Stadtbibliothek, auf der Suche nach einem bestimmten Biologiebuch für ihr bevorstehendes Referat. Sie durchsuchten die Regale gewissenhaft und zogen einige Bücher heraus, aber keines von ihnen war das, wonach sie suchten.

„Das ist wirklich frustrierend.", sagte Lucas seufzend, während er ein weiteres Buch durchblätterte. „Ich war mir sicher, dass wir es hier finden würden."

„Ja, ich auch.", stimmte Kira zu, während sie eine Staubwolke von einem alten Buch wegblies. „Aber vielleicht haben wir es einfach übersehen. Wir sollten noch einmal von vorne anfangen und uns gegenseitig helfen."

Gemeinsam durchsuchten sie erneut die Regale, wobei sie sich gegenseitig auf Bücher aufmerksam machten, die sie vielleicht übersehen hatten. Trotz ihrer gemeinsamen Anstrengungen war das Buch jedoch nirgendwo zu finden. Kira ließ sich frustriert auf einen Stuhl fallen und stöhnte: „Ich gebe auf. Wir werden es wohl morgen in der Schule suchen müssen."

Lucas sah seine Freundin besorgt an und setzte sich neben sie. „Ist alles in Ordnung, Kira? Du scheinst in letzter Zeit oft frustriert zu sein."

Kira seufzte erneut und schaute aus dem Fenster, wo die Sonne langsam unterging. „Es ist nur... ich habe das Gefühl, dass ich nicht genug Zeit habe. Ich möchte so viele Dinge tun, wie unsere Verwandlungen verbessern, aber ich kann es nicht alles schaffen. Es ist einfach so viel Druck."

Lucas legte verständnisvoll eine Hand auf Kiras Schulter. „Ich verstehe. Aber du musst nicht alles auf einmal machen. Nimm dir Zeit, atme tief durch und setze Prioritäten. Du kannst alles erreichen, was du willst. Du musst nur daran glauben und dich auf das konzentrieren, was wirklich wichtig ist."

Kira lächelte ihm dankbar zu und wischte sich eine kleine Träne aus den Augen. „Danke, Lucas. Du hast recht. Ich werde versuchen, mich auf das Wesentliche zu konzentrieren und meine Energie darauf zu verwenden, unsere Fähigkeiten als Wandler zu verbessern."

Sie packten ihre Sachen zusammen und machten sich auf den Weg zum Ausgang. Sie waren in der hintersten Ecke der Bibliothek angelangt, als sie das Buch suchten.

Die Regale hier waren voller alter, vergessener Bücher, die kaum jemand je zur Hand nahm.

Auf einmal fiel Kira ein merkwürdiges, verstaubtes Buch ins Auge. Es war mit Leder eingebunden und hatte goldene Verzierungen auf dem Cover. Der Titel lautete „Gestaltwandlungen", und es fand sich kein Hinweis auf den Autor auf dem Buch.

„Schau mal, Lucas.", sagte Kira neugierig und zog das Buch aus dem Regal. „Das habe ich noch nie hier gesehen." Sie pustete den Staub vom Buch, der in der Luft tanzte, bevor er langsam zu Boden sank.

Lucas sah auf das Buch und runzelte die Stirn. „Was ist das für ein Buch? Es sieht irgendwie sehr alt aus. Vielleicht ist es eine Art historischer Text?"

Gemeinsam öffneten sie das Buch und blätterten vorsichtig durch die Seiten. Es war voller seltsamer Illustrationen und Zeichnungen, die weder Kira noch Lucas jemals zuvor gesehen hatten. Die Bilder zeigten verschiedene Tiergestalten und komplizierte Muster, die sie faszinierten.

„Was ist das?", fragte Kira und zeigte auf eine der Illustrationen, die eine menschliche Figur zeigte, die sich in einen Wolf verwandelte.

„Ich habe keine Ahnung.", antwortete Lucas und schüttelte den Kopf. „Aber es sieht ziemlich interessant aus. Vielleicht hat es etwas mit Wandlerfähigkeiten zu tun?"

Sie blätterten weiter und fanden eine Seite, die mit einer seltsamen Schrift geschrieben war. Sie versuchten, die Wörter zu entziffern, aber es ergab keinen Sinn. Es schien, als ob es eine alte, längst vergessene Sprache war.

„Was denkst du, Kira? Sollen wir es mitnehmen und es später genauer untersuchen?", fragte Lucas, während er das Buch neugierig betrachtete.

Kira nickte entschlossen. „Ja, das sollten wir. Vielleicht können wir etwas Neues über unsere Fähigkeiten erfahren." Sie legten das Buch vorsichtig in ihren Rucksack und gingen zur Ausleihe, um es auszuchecken.

Beim Verlassen der Bibliothek fragten sie sich, welche Geheimnisse dieses Buch wohl beinhalten mochte und welche Abenteuer es für sie bereithalten würde. Vielleicht würde es ihnen sogar helfen, ihre Verwandlungsfähigkeiten zu verbessern und neue, bisher unerforschte Seiten ihrer Gaben zu entdecken.

Gleich am nächsten Nachmittag trafen sich die beiden auf der Waldlichtung, die sie zu ihrem geheimen Treffpunkt erklärt hatten. Kira brachte das mysteriöse Buch mit, und sie saßen sich auf umgefallenen Baumstämmen gegenüber, bereit, das Geheimnis der seltsamen Schrift zu lüften.

Doch auch dieses Mal konnten sie die seltsame Schrift nicht entziffern, und der Text ergab ihnen keinen Sinn. Frustration machte sich breit, als Lucas plötzlich eine Idee hatte. „Vielleicht sollten wir versuchen, uns in unsere Tiergestalten zu verwandeln und dann das Buch zu lesen. Vielleicht hilft das ja!", schlug er vor.

Kira nickte zustimmend, hielt Lucas das Buch hin und dieser verwandelte sich in den grauen Wolf. Durch seine Verwandlung war es Lucas tatsächlich möglich, die bisher unlesbare Schrift zu entziffern. Überrascht teilte er seine Entdeckung Kira mit.

Er las vor, dass es möglich ist, die Gestaltwandlung gezielt zu beeinflussen und ihre Form und Größe zu ändern. Außerdem gab es eine Liste von Techniken und Übungen, die man durchführen konnte, um die Kontrolle über die Verwandlung zu erlangen und sogar das Tier selbst zu bestimmen, in das man sich verwandeln will.

Die beiden beschlossen, von nun an täglich in dem Buch zu lesen. Sie waren sich sicher, dass es ihnen helfen würde, ihre Fähigkeiten als Wandler zu verbessern und vielleicht sogar neue Aspekte ihrer Gestaltwandlung zu entdecken.

Die letzten Wochen vor den Osterferien vergingen schnell. Die Prüfungen waren anspruchsvoll, aber Kira und Lucas hatten ihre Köpfe voll mit den Informationen aus dem Buch. Sie beschlossen, ihre freie Zeit zu nutzen, um ihre Gestaltwandlung zu üben und ihre Fähigkeiten zu verbessern.

Sie trafen sich jeden Nachmittag im Wald und probierten verschiedene Techniken aus dem Buch aus. Sie übten, ihre Größe zu ändern, ihre Farben und Muster zu variieren und ihre Sinne zu verbessern. Manchmal trafen sie auf Schwierigkeiten und mussten sich gegenseitig ermutigen, weiterzumachen und nicht aufzugeben.

„Das ist so aufregend, Kira!", rief Lucas eines Tages aus, als er es schaffte, seine Größe als Wolf zu verändern. „Wir werden immer besser in der Gestaltwandlung!"

Kira lächelte und nickte. „Ja, das stimmt. Und ich bin mir sicher, dass wir mit der Zeit noch viel mehr lernen werden."

Bald waren Kira und Lucas in der Lage, ihre Gestaltwandlung besser zu beherrschen und neue Fähigkeiten zu entdecken. Sie konnten schneller laufen und höher springen, als sie es jemals für möglich gehalten hätten. Aber die vollständige Kontrolle über ihre Gestalt und die Fähigkeit, sie nach Belieben anzupassen, lag noch in weiter Ferne.

Die Osterferien boten ihnen eine großartige Gelegenheit, sich ganz auf ihre neu entdeckten Fähigkeiten zu konzentrieren. Entschlossen, ihre Gestaltwandlung weiter zu erforschen und zu üben, verbrachten sie jeden Tag damit, ihre Fähigkeiten zu verbessern.

An einem besonders warmen und sonnigen Tag beschlossen Kira und Lucas, die Wandlerin im Wald aufzusuchen, von der sie so viel gelernt hatten. „Vielleicht kann sie uns mit Hilfe des Buches noch mehr beibringen.", schlug Kira vor, während sie das geheimnisvolle Buch fest in ihren Händen hielt.

Lucas stimmte begeistert zu. „Genau! Wir sollten sie auf jeden Fall noch einmal besuchen. Wer weiß, welche Geheimnisse sie noch mit uns teilen kann?"

Mit dem Buch in den Händen machten Kira und Lucas sich auf den Weg zur Hütte der Wandlerin. Als sie dort ankamen, begrüßte Alida sie herzlich und lud sie ein, ihr alles zu erzählen, was sie bisher gelernt hatten.

Kira zeigte ihr das Buch und sagte „Wir haben dieses Buch gefunden und es hat uns geholfen, unsere Wandlerfähigkeiten zu vertiefen und zu üben."

Lucas fügte hinzu „Es war ziemlich schwierig am Anfang, aber wir haben einige Fortschritte gemacht und können unsere Tierformen in Farbe und Größe beeinflussen."

Die Wandlerin war beeindruckt und bot an, ihnen noch mehr über die Kunst der Gestaltwandlung beizubringen. Sie unterrichtete sie in den feinsten Details der Verwandlung, half ihnen dabei, ihre Fähigkeiten weiter zu verfeinern und zeigte ihnen sogar, wie man üben konnte, seine Gestalt in die eines anderen Tieres zu ändern.

Während sie ihnen half, sagte Alida „Ihr habt bereits viel erreicht, aber es gibt immer noch viel zu lernen. Die

Gestaltwandlung ist eine Fähigkeit, die ein Leben lang verfeinert werden kann."

Kira nickte und erwiderte „Wir sind bereit, alles zu lernen, was Sie uns beibringen können. Wir wollen unsere Fähigkeiten weiterentwickeln und noch besser werden."

Lucas stimmte zu: „Ja, wir sind fest entschlossen, weiterhin hart zu arbeiten und unsere Fähigkeiten zu perfektionieren."

Nachdem sie viel gelernt hatten, verabschiedeten sich Kira und Lucas von Alida, der Wandlerin und kehrten zurück nach Hause, bereit für das nächste Abenteuer, das die Zukunft ihnen bieten würde.

KAPITEL 9:
DIE WÖLFIN IN IHR

Kira war aufgeregt und nervös zugleich. Sie hatte in den letzten Wochen hart daran gearbeitet, ihre Verwandlungsfähigkeiten als Hund zu verbessern. Nun war es an der Zeit, ihr Repertoire zu erweitern und sich in einen Wolf zu verwandeln. Sie hatte es schon oft versucht, aber es war ihr nie gelungen, die richtige Konzentration zu finden, um die Verwandlung auszulösen. Heute war es an der Zeit, einen weiteren Versuch zu wagen.

Vor ihrem geistigen Auge sah sie die vielen Übungsstunden mit Lucas und der Wandlerin, die sie in den letzten Wochen absolviert hatte. Sie wusste, dass sie bereit war, diesen nächsten Schritt zu wagen.

Sie setzte sich in die Mitte des Waldes und schloss die Augen. Sie atmete tief durch und konzentrierte sich auf das Bild einer majestätischen grauen Wölfin in ihrem Kopf. Langsam begann sie, die Veränderungen zu spüren. Zunächst breitete sich eine wohlige Wärme in ihrem Inneren aus, die sich schnell durch ihren gesamten Körper ausbreitete.

Ihre Knochen begannen sich zu verschieben und neu auszurichten, ihre Wirbelsäule dehnte sich und nahm die charakteristische S-Form des Wolfes an. Sie spürte, wie ihre Muskeln anschwellend und sich verändernd, kraftvoller und anpassungsfähiger für das Leben im Wald wurden.

Als nächstes begann das Fell zu wachsen. Es kribbelte leicht auf ihrer Haut, während das dichte, graue Fell in mehreren Schichten hervorbrach, um sie vor Kälte und Nässe zu schützen. Sie spürte die einzelnen Haare, die aus ihren Poren wuchsen, und wie sich ihre Haut darunter in eine weiche, empfindliche Unterhaut verwandelte.

Ihre Hände und Füße begannen sich zu verändern, die Finger und Zehen schrumpften, während die Zehennägel sich in scharfe Krallen verwandelten. Die Handgelenke und Fußknöchel veränderten sich und wurden länger und flexibler, ihre Beine und Arme wurden kräftiger und besser geeignet, um durch den Wald zu rennen und zu springen.

Der intensivste Teil der Verwandlung war die Veränderung ihres Gesichts. Sie spürte, wie sich ihr Kiefer ausdehnten und ihre Nase länger wurde, bis sie eine lange, spitze Schnauze bildete. Ihre Zähne wuchsen, wurden spitzer und stärker, bereit, Fleisch zu zerreißen und Knochen zu knacken. Ihre Ohren veränderten sich und wurden größer und spitzer, um jedes Geräusch im Wald aufzufangen und zu orten.

Die Veränderung ihrer Augen war ebenfalls beeindruckend. Die Pupillen veränderten sich, sie wurden schlitzförmig und angepasst an das Sehen bei schlechten Lichtverhältnissen. Die Farbe ihrer Iris wurde intensiver und leuchtender, als sie die Welt um sich herum mit den Augen eines Wolfes wahrnahmen.

Als die Verwandlung abgeschlossen war, stand Kira nun als majestätische graue Wölfin da. Sie schüttelte ihren mächtigen Körper, spürte das Fell, das an ihrem Körper anlag, und lauschte auf die Geräusche des Waldes mit ihren empfindlichen Ohren. Sie war bereit, die Welt aus der Perspektive eines Wolfes zu erkunden.

Das Erste, was sie als Wölfin tun wollte, war zu laufen. Sie fühlte sich mächtig und frei, als sie durch den Wald rannte und die Welt mit ihren scharfen Sinnen wahrnahm. Sie konnte Gerüche und Geräusche wahrnehmen, die sie als Mensch, aber auch als Hündin nie bemerkt hätte. Es war ein unglaubliches Gefühl der Freiheit und des Abenteuers, das sie so noch nie erlebt hatte.

Kira verbrachte den ganzen Tag damit, ihre neue Gestalt zu erkunden und sich an das Leben als Wölfin zu gewöhnen.

Als die Sonne unterging, verwandelte sich Kira langsam wieder in ihre menschliche Gestalt zurück. Sie war erschöpft, aber glücklich und wusste, dass sie nun in der Lage war, sich in eine Wölfin zu verwandeln. Kira war stolz auf ihre Fortschritte und konnte es kaum erwarten, Lucas zu zeigen, was sie gelernt hatte.

Kira und Lucas trafen sich am nächsten Tag tief im Wald, um sicherzustellen, dass niemand sie dabei beobachten würde. Beide waren aufgeregt, aber auch etwas nervös. Sie hatten lange auf diesen Moment hingearbeitet und hofften, dass alles gut gehen würde.

„Also, bist du bereit?", fragte Lucas, als sie sich an einem abgelegenen Platz niederließen.

Kira nickte entschlossen. Sie schloss die Augen und konzentrierte sich auf das Gefühl, das sie durchdrang. Sie spürte wieder, wie ihre Muskeln sich zusammenzogen und ihre Knochen sich verschoben. Es war, als ob ihr Körper auf eine neue Ebene der Existenz gehoben wurde.

Als Kira die Augen öffnete, sah sie sich selbst im Körper einer Wölfin. Sie spürte das dichte Fell auf ihrer Haut und die scharfen Krallen an ihren Pfoten. Sie schaute zu Lucas hinüber und sah, dass er vor Freude strahlte. Er hatte es noch nie zuvor gesehen, wie Kira sich in eine Wölfin verwandelte.

„Das hast du großartig gemacht.", sagte Lucas. „Ich wusste, dass du es schaffen würdest."

Kira konnte das Lächeln auf ihrem Gesicht nicht verbergen. Sie spürte sich in ihrem neuen Körper so frei und mächtig. Sie sah die Welt mit anderen Augen und roch die Welt mit einem anderen Geruchssinn. Sie fühlte sich lebendiger als je zuvor.

„Komm Lucas, lass den Wolf in dir raus!", forderte sie ihn lachend auf, und er nickte.

Lucas verwandelte sich nun ebenfalls in einen Wolf und beide liefen durch den Wald, sprangen über Bäche und jagten einem Kaninchen hinterher. Kira hatte das Gefühl, dass sie fliegen könnte, so leicht und schnell war sie. Lucas warf ihr einen Stock zu und sie fing ihn mühelos mit ihren scharfen Zähnen.

Nach einer Weile trafen sie auf einen klaren See und beschlossen, eine kurze Pause einzulegen. Sie tranken das kühle Wasser und ließen sich am Ufer nieder. Kira und Lucas genossen die wunderbare Erfahrung, in ihren Wolfsgestalten die Welt zu erkunden und zu entdecken, wie mächtig sie gemeinsam waren.

Als sie schließlich zur Ruhe kamen, lagen sie beide erschöpft auf dem Boden. Sie fühlte sich glücklich und erleichtert, dass sie es endlich geschafft hatte.

„Ich kann es kaum erwarten, dass wir das nächste Mal zusammen durch den Wald laufen.", sagte Lucas und legte seinen Arm um sie. „Dieses Abenteuer hat gerade erst begonnen, Kira. Wir haben noch so viel vor uns."

Während Kira und Lucas durch den Wald wanderten, stießen sie plötzlich auf Geräusche, die ihnen unheimlich vorkamen. Die Ohren aufgestellt und die Schnauzen in die Luft gereckt, schnupperten sie in die Richtung der Geräusche. Dort entdeckten sie drei Männer, die mit ihren Gewehren und Fallen bewaffnet waren. Sie sahen jedoch, dass es dieses Mal keine Betäubungsgewehre waren. Sie waren gerade dabei, eine Bärenfamilie zu jagen. Sie erkannten, dass es die gleichen Wilderer waren, die sie schon einmal aus dem Wald vertrieben hatten. Kira und Lucas wussten, dass sie schnell handeln mussten, um die Bären zu retten.

„Lucas, wir müssen etwas tun. Wir können nicht einfach zusehen, wie diese Wilderer die Bärenfamilie in Gefahr bringen", sagte Kira entschlossen.

Lucas nickte zustimmend. „Du hast recht, Kira. Lass uns versuchen, sie abzulenken und den Bären Zeit verschaffen, um zu flüchten."

Kira und Lucas rannten in ihren Wolfsgestalten auf die Wilderer zu und begannen, sie anzuknurren und zu bedrohen. Doch die Männer lachten nur und schossen wild um sich. Kira und Lucas sprangen zur Seite, um den Kugeln auszuweichen.

Kira und Lucas beobachteten die Männer genau, als

einer von ihnen auf die gefangenen Bären zielte, bereit, den Abzug zu betätigen. Ihr Herz raste vor Adrenalin, und sie wussten, dass sie keine Zeit zu verlieren hatten. Im Bruchteil einer Sekunde sprangen sie auf den Mann zu, der schockiert und überrascht war, als zwei Wölfe auf ihn zukamen.

Kira erreichte ihn zuerst und biss ihm in den Arm, ihre scharfen Zähne drangen tief in sein Fleisch ein. Der Mann schrie vor Schmerzen auf und ließ seine Waffe fallen. Lucas folgte Kira und fügte seine eigenen Bisse hinzu, um sicherzustellen, dass der Mann keine Möglichkeit hatte, seine Waffe wieder aufzuheben.

Die anderen beiden Männer erkannten schnell, dass sie angegriffen wurden, und reagierten, indem sie versuchten, Kira und Lucas zu fangen. Sie schwangen ihre Arme und traten nach den beiden Wölfen, aber Kira und Lucas waren zu schnell und geschickt, um erwischt zu werden.

Der Kampf wurde intensiver, als Kira und Lucas ihre ganze Kraft und Schnelligkeit einsetzten, um den Wilderern auszuweichen und ihnen weiter zuzusetzen. Sie sprangen von einem Mann zum anderen, bissen und knurrten, während sie versuchten, die Wilderer zu überwältigen.

Schweiß und Blut mischten sich in der Luft, und die Männer schrien vor Schmerz und Frustration. Schließlich konnten Kira und Lucas die Oberhand gewinnen, und die Wilderer erkannten, dass sie keine Chance hatten, gegen die Entschlossenheit und Stärke der beiden Wölfe anzukommen.

Geschwächt und demoralisiert gaben die Männer schließlich auf und rannten davon, zurück in den Wald, aus dem sie gekommen waren. Kira und Lucas waren erschöpft, aber sie wussten, dass sie noch Arbeit vor sich hatten.

Schnell eilten sie zu den gefangenen Bären und befreiten sie aus den Fängen der Fallen. Die Bären, dankbar für ihre Rettung, drängten sich um Kira und Lucas, umarmten sie mit ihren warmen, pelzigen Körpern und schnaubten sanft.

In diesem Moment fühlten sich Kira und Lucas sicher und geborgen, und sie wussten, dass sie das Richtige getan hatten. Sie hatten nicht nur das Leben der Bären gerettet, sondern auch bewiesen, dass sie als Team stark und unbezwingbar waren.

„Das war knapp.", sagte Kira, während sie sich gegenseitig ansahen. „Aber wir haben es geschafft."

Lucas nickte. „Ja, ich hoffe, dass dies das letzte Mal gewesen war, dass wir diese Wilderer aus dem Wald vertreiben mussten."

Kira und Lucas kehrten in ihre menschlichen Gestalten zurück und sahen sich an. Sie wussten, dass sie sich gegen Wilderer wehren mussten, die die Tiere des Waldes bedrohten. Sie waren erleichtert und stolz darauf, dass sie die Bären gerettet hatten und die Wilderer vertrieben hatten. Die beiden beschlossen, sich weiterhin für den Schutz der Tiere einzusetzen und sie vor diesen Wilderern zu bewahren. Wieder einmal hatten sie bewiesen, dass sie starke und mutige Wandler waren.

In den folgenden Wochen patrouillierten Kira und Lucas regelmäßig durch den Wald, um sicherzustellen, dass keine wildernden Personen oder anderen Gefahren die Tiere bedrohten.

An einem warmen und sonnigen Tag stießen Kira und Lucas auf eine Gruppe von drei engagierten Umweltschützer:innen, die im Wald nach illegalen Fallen suchten, um sie zu entfernen und die Tiere zu schützen. Die Gruppe bestand aus der leidenschaftlichen Anna, dem ruhigen und überlegten Markus und dem enthusiastischen Tim.

Kira und Lucas beschlossen, sich den Umweltschützer:innen in ihrer menschlichen Gestalt vorzustellen und ihre Hilfe anzubieten. Sie näherten sich der Gruppe und Kira sagte: „Hey, wir haben gesehen, was ihr hier macht. Das ist großartig! Wir möchten euch helfen, den Wald und die Tiere zu schützen."

Anna schaute auf und lächelte: „Das ist wirklich nett von euch. Wir können jede Hilfe gebrauchen, die wir bekommen können. Mein Name ist Anna und das sind Markus und Tim."

Lucas nickte und erwiderte: „Ich bin Lucas und das

ist Kira. Wir kennen diesen Wald ziemlich gut und haben schon ein paar verletzte Tiere gefunden, denen wir geholfen haben. Vielleicht können wir zusammenarbeiten und mehr für diesen Wald tun."

Markus, der bisher geschwiegen hatte, stimmte zu: „Das klingt nach einer großartigen Idee. Wir suchen schon seit Tagen nach diesen Fallen und es ist erschreckend, wie viele wir bereits gefunden haben. Je mehr Leute wir haben, die uns helfen, desto besser."

Die Umweltschützer waren beeindruckt und dankbar für das Angebot. Sie tauschten ihre Kontaktdaten aus, und gemeinsam arbeiteten sie daran den Wald sicherer zu machen und den Tieren eine sichere Heimat zu bieten.

Mit der Zeit wurden Kira, Lucas und die Umweltschützer:innen zu einem eingespielten Team, das sich unermüdlich für den Schutz der Natur einsetzte. Während ihrer gemeinsamen Patrouillen unterhielten sie sich angeregt und lernten viel voneinander.

Eines Tages, als sie gerade eine Falle entfernt hatten, sagte Tim: „Ich bin so froh, dass ihr euch uns angeschlossen habt. Zusammen sind wir viel stärker und können wirklich etwas bewirken."

Kira lächelte und erwiderte: „Wir sind auch dankbar, dass wir euch gefunden haben. Es ist so wichtig, dass wir uns alle um unsere Umwelt kümmern und sie schützen."

Gemeinsam beseitigten sie Fallen, kümmerten sich um verletzte Tiere und setzten sich unermüdlich für den Schutz des Waldes ein. Ihre Anstrengungen zeigten Wirkung, und der Wald wurde ein sicherer Ort für die Tiere und Pflanzen, die dort lebten.

KAPITEL 10:
EIN NEUER SPITZ

An diesem sonnigen Tag hatte Lucas beschlossen, im Wald zu trainieren und seine Verwandlungsfähigkeiten zu verbessern. Nachdem er gesehen hatte, wie Kira ihre Gestalt scheinbar mühelos von einer Spitzhündin zu einer Wölfin änderte, war er entschlossen, es ihr gleichzutun. Er wollte versuchen, sich in einen Spitzhund zu verwandeln, obwohl er bisher noch nie versucht hatte, diese spezielle Form anzunehmen.

Lucas setzte sich auf den Boden, atmete tief durch und konzentrierte sich auf die Techniken, die Kira ihm beigebracht hatte. Er stellte sich vor, wie seine Knochen und Muskeln sich neu formten und seine Sinne schärfer wurden. Langsam spürte er, wie sich eine Wärme in seinem Körper ausbreitete, und er wusste, dass es Zeit war, die Kontrolle abzugeben.

Lucas spürte eine merkwürdige Empfindung in seinem Körper, als er sich darauf konzentrierte, sich in einen Spitz zu verwandeln. Zunächst verspürte er ein leichtes Kribbeln in den Fingerspitzen, das sich langsam ausbreitete und seinen gesamten Körper erfasste. Die Veränderung begann sich in seinen Händen und Füßen zu manifestieren. Die Knochen schienen sich zu verkürzen und zu verdicken, während seine Finger und Zehen anfingen, sich zu krümmen und zu schrumpfen.

Lucas fühlte, wie seine Fingernägel langsam dicker und kräftiger wurden, bis sie sich schließlich in scharfe Krallen verwandelten. Gleichzeitig wuchsen Haare aus den Poren seiner Hände, die sich rasch über seine Arme und Beine ausbreiteten. Das Gefühl des wachsenden Fells war seltsam, aber nicht unangenehm. Es fühlte sich an wie eine warme Decke, die seinen Körper bedeckte.

Sein Körper schien sich zu komprimieren, während seine Gliedmaßen kürzer und kräftiger wurden, um den Körper eines Spitzes besser zu unterstützen. Seine Wirbelsäule und seine Hüften begannen sich zu verändern, um die typische Körperhaltung eines Hundes einzunehmen. Lucas spürte, wie seine Schulterblätter sich nach hinten verschoben und seine Brust sich ausdehnte, um den kräftigen Brustkorb eines Spitzes zu bilden.

Lucas Gesicht begann sich ebenfalls zu verändern. Seine Nase verlängerte sich, wurde breiter und bildete die charakteristische Schnauze eines Spitzes. Seine

Zähne wurden schärfer und kräftiger, bereit, um zu beißen und zu kauen. Seine Ohren wanderten höher auf seinem Kopf, wurden spitzer und richteten sich auf, um die Umgebung besser wahrnehmen zu können.

Während sich seine Augen an die neue Position auf seinem Kopf anpassten, nahm Lucas wahr, wie sich seine Sicht veränderte. Die Farben wurden weniger intensiv und seine Sehschärfe nahm zu. Gleichzeitig bemerkte er eine Verbesserung seines Gehörs und Geruchssinns, die ihm halfen, seine Umgebung noch intensiver zu erfahren.

Der letzte Teil der Verwandlung bestand darin, dass sein Schwanz sich verlängerte und buschiger wurde. Er spürte, wie die Haare am Schwanz dichter wurden und sich einrollten, um die typische Form eines Spitzschwanzes anzunehmen.

Als die Verwandlung abgeschlossen war, stand Lucas als Spitz da, bereit, seine neue Gestalt zu erkunden und sich an die Veränderungen zu gewöhnen. Er spürte eine neue Art von Energie und Lebendigkeit in seinem Körper und war fasziniert von den neuen Fähigkeiten, die ihm seine Verwandlung verliehen hatte.

Überrascht und aufgeregt öffnete er die Augen und blickte auf seine neuen Pfoten. Er hatte es tatsächlich geschafft! Lucas rannte im Wald herum und sprang auf seinen vier Beinen, um seine neuen Sinne auszuprobieren. Alles fühlte sich so vertraut an, aber dennoch neu und aufregend.

Er blieb eine Weile im Wald, um seine neue Form zu erkunden und sich an das Gefühl zu gewöhnen. Er war begeistert und zugleich auch erschöpft von der Konzentration, die er für die Verwandlung aufbringen musste. Aber er wusste, dass er es noch öfter versuchen würde, um besser darin zu werden.

Lucas beschloss, voller Begeisterung, zu Kira zu laufen und ihr seine neue Gestalt zu zeigen. Er wusste, dass sie um diese Zeit auf dem Weg zur Lichtung war, wo sie sich jeden Nachmittag trafen, um ihre Fähigkeiten zu trainieren und die Natur zu genießen.

Kira war gerade auf dem Weg zur Lichtung, als sie plötzlich einen schwarzen Spitzhund auf sich zulaufen sah. Zunächst war sie überrascht, doch als das Tier näherkam, erkannte sie Lucas an Hand seiner Aura in seiner neuen Tierform.

„Lucas, unglaublich! Du kannst dich jetzt auch in andere Tiere verwandeln!" rief sie begeistert aus.

„Ja, es hat endlich geklappt! Ich habe mich zum ersten Mal in einen Spitz verwandelt", antwortete Lucas stolz, während er seinen buschigen Schwanz wedelte.

„Das ist wirklich großartig! Ich bin so stolz auf dich!", sagte Kira und strahlte vor Freude für ihren Freund.

Gemeinsam entschieden sie, den restlichen Tag als Spitzhunde zu verbringen und den Wald aus dieser neuen Perspektive zu erkunden. Mit ihren Nasen auf den Boden gerichtet und ihren Ohren gespitzt, rannten Kira und Lucas durch das Unterholz und genossen die Natur in vollen Zügen.

Die Welt erschien ihnen völlig anders. Lucas konnte die vielfältigen Düfte des Waldes wahrnehmen: den Geruch von frischem Laub, den süßen Duft von Blumen und den erdigen Geruch des Waldbodens. Kira schnupperte an jedem Baum und jeder Pflanze, die sie auf ihrem Weg passierten, als ob sie versuchte, ihre verborgenen Geheimnisse zu entschlüsseln.

Während Kira und Lucas weiter durch den Wald liefen, wurden sie vom fröhlichen Zwitschern der Vögel und dem sanften Rascheln von Blättern im Wind begleitet. Die beiden Spitzhunde rannten an einem kleinen, plätschernden Bach entlang, dessen klares Wasser über glitzernde Steine floss. Kira hielt inne und trank ein paar erfrischende Schlucke aus dem kühlen Nass. Lucas beobachtete sie und folgte ihrem Beispiel, bevor sie ihre Entdeckungsreise fortsetzten.

Gemeinsam rannten sie durch den Wald, sprangen über umgestürzte Baumstämme und huschten durch das hohe Gras. Plötzlich entdeckte Kira einen Hasen und sprintete los, um ihn spielerisch zu jagen. Lucas folgte ihr dicht auf den Fersen, doch der flinke Hase entkam geschickt ihren Fängen.

Schließlich erreichten sie eine Lichtung, auf der warme Sonnenstrahlen den Boden küssten. Kira legte sich hin und genoss die Wärme auf ihrem Fell, während sie ihre Augen schloss. Lucas setzte sich neben sie und beobachtete aufmerksam die Umgebung, als könnte er jeden Moment etwas Interessantes entdecken.

Die Zeit verging wie im Flug, und als der Abend nahte, war es für Kira und Lucas an der Zeit, zu ihren menschlichen Formen zurückzukehren. Später trafen sie sich bei Kira zu Hause und erzählten ihren Eltern von ihren neuen Fähigkeiten. Kiras und Lucas Eltern waren überrascht, aber auch unglaublich stolz auf ihre Kinder.

„Ihr seid wirklich etwas Besonderes.", sagte Kiras Mutter mit einem liebevollen Lächeln. „Aber vergesst bitte nicht, dass ihr eure Fähigkeiten weise und verantwortungsvoll einsetzen müsst."

Kira und Lucas nickten zustimmend. Sie waren sich der Verantwortung, die mit ihren Wandlerfähigkeiten einherging, bewusst und versprachen, damit sorgsam umzugehen. In ihren Herzen freuten sie sich jedoch auf die kommenden Abenteuer und die spannenden Erfahrungen, die ihnen ihre besonderen Kräfte ermöglichen würden.

KAPITEL 11:
FERIENENDE UND SCHULE

Die Osterferien neigten sich dem Ende zu, und Kira, Lucas, Lara und Jonas trafen sich in ihrem Lieblingscafé, um ihre Erlebnisse der letzten Wochen miteinander zu teilen. Sie hatten sich schon länger nicht gesehen, da jeder auf seine eigene Weise die Ferien genossen hatte.

Kira lehnte sich in ihrem Stuhl zurück und begann: „Lucas und ich haben die meiste Zeit im Wald verbracht, um die Ruhe und Stille der Natur zu genießen. Wir haben lange Spaziergänge gemacht, Tiere beobachtet und einfach nur die Zeit zusammen genossen. Es war wirklich entspannend."

Jonas runzelte die Stirn. „Das klingt ziemlich langweilig, oder? Ich meine, die ganze Zeit nur im Wald?"

Lucas lachte. „Es mag für manche langweilig klingen, aber für uns war es genau das Richtige. Es hat uns geholfen, uns zu entspannen und den Kopf frei zu bekommen. Außerdem haben wir viel über die Pflanzen und Tiere in unserer Umgebung gelernt."

Jonas nickte nachdenklich. „Naja, wenn es euch gefallen hat, ist das ja die Hauptsache. Ich war die ganzen zwei Wochen in einem Sportcamp und habe Baseball spielen gelernt. Es hat super viel Spaß gemacht, und ich habe viele neue Freunde gefunden. Aber ich muss zugeben, dass ich jetzt auch froh bin, wieder zu Hause zu sein."

Lara lächelte. „Das klingt toll, Jonas. Ich war mit meiner Familie in den Bergen wandern. Es war so schön dort! Wir sind jeden Tag gewandert und haben die frische Bergluft genossen. Abends haben wir dann am Lagerfeuer gesessen und Stockbrot gemacht."

Die vier Freund:innen plauderten noch eine Weile über ihre Erlebnisse und tauschten Fotos und Geschichten aus. Schließlich schlug Lucas vor, dass sie sich auf das die nächsten Wochen vorbereiten sollten.

„Es wird bestimmt eine Menge Arbeit, aber ich freue mich auch darauf, wieder etwas Neues zu lernen.", meinte Kira optimistisch.

Kira, Lucas, Lara und Jonas hatten das Glück sich gegenseitig helfen und überstützen zu können, da sie in der gleichen Klasse waren. Sie arbeiteten zusammen an Projekten, halfen sich bei den Hausaufgaben und verbrachten ihre Pausen gemeinsam.

Auch wenn Kira und Lucas ihre Wandlerfähigkeiten geheim hielten, fühlten sie sich durch die Freundschaft und die gemeinsamen Erlebnisse mit Lara und Jonas gestärkt. Sie genossen die Zeit in der Schule und freuten sich darauf, bald wieder mehr Zeit in der Natur verbringen zu können.

In den Pausen trafen sich die vier Freunde oft auf dem Schulhof, um sich auszutauschen und ihre Pläne für das Wochenende zu besprechen. Dabei bemerkten sie, dass sie trotz ihrer unterschiedlichen Interessen und Hobbys immer enger zusammenwuchsen und sich aufeinander verlassen konnten.

Lara, die begeisterte Bergwanderin, erzählte ihren Freunden von ihren Plänen, am kommenden Wochenende eine Wanderung in einem nahegelegenen Naturpark zu unternehmen. „Ich habe gehört, dass es dort einen tollen Aussichtspunkt gibt. Wollt ihr mitkommen?"

Kira und Lucas warfen sich einen kurzen Blick zu und nickten dann zustimmend. „Das klingt nach einer tollen Idee, Lara. Wir sind dabei."

Jonas grinste. „Count me in! Es ist schon eine Weile her, seit ich zuletzt gewandert bin. Ich freue mich darauf."

Am Wochenende trafen sich die vier Freunde früh morgens und machten sich gemeinsam auf den Weg zum Naturpark. Als die vier Freunde am Eingang des Naturparks ankamen, waren sie schon ganz gespannt auf die Wanderung. Sie studierten die Karte am Eingang, um den besten Weg zum Aussichtspunkt zu finden.

„Wir sollten dem blauen Weg folgen.", schlug Lara vor. „Er führt direkt zum Aussichtspunkt und bietet zwischendurch noch einige tolle Sehenswürdigkeiten."

„Klingt gut!", stimmte Kira zu, während sie ihre Wasserflasche verstaute und den Rucksack schulterte. „Auf geht's!"

Die Wanderung begann in einem dichten Waldgebiet, in dem die Sonnenstrahlen kaum durch das Blätterdach drangen. Es war still und friedlich, und die Freunde genossen die Ruhe der Natur. Sie unterhielten sich leise, während sie den blauen Wegmarkierungen folgten.

„Ich liebe es, wie ruhig es hier ist.", sagte Lucas. „Man kann seine Gedanken so gut sortieren."

„Definitiv!", stimmte Jonas zu. „Und die frische Luft tut auch gut. Ich fühle mich schon jetzt entspannter."

Nach einer Weile erreichten sie einen kleinen Bach, der über glatte Steine plätscherte. Sie überquerten ihn vorsichtig und folgten dem Weg weiter, der nun steil bergauf führte.

Schließlich kamen sie an einer Lichtung an, auf der sie eine kurze Rast einlegten. Die Sonne schien warm auf ihre Gesichter, und sie genossen die Aussicht auf die umliegenden Berge.

„Ich kann es kaum erwarten, den Aussichtspunkt zu erreichen.", sagte Kira. „Wenn es hier schon so schön ist, muss es dort oben atemberaubend sein."

Lara nickte zustimmend. „Ich habe Fotos gesehen, und es sieht wirklich unglaublich aus. Wir sind bestimmt bald dort."

Nach der Rast machten sie sich wieder auf den Weg und folgten dem Pfad, der sie durch einen dichten Fichtenwald führte. Schließlich erreichten sie den lang ersehnten Aussichtspunkt.

Der Ausblick war überwältigend. Sie standen auf einer kleinen Plattform, die sich an den Berg schmiegte. Vor ihnen breitete sich das Tal aus, durchzogen von einem silbrig glänzenden Fluss, der sich wie ein Band durch die grünen Wiesen und Wälder schlängelte. Im Hintergrund ragten majestätische Berge auf. Der Himmel war strahlend blau, und die Sonne tauchte die Landschaft in ein warmes, goldenes Licht.

„Wow!", entfuhr es Jonas, als er den Ausblick bewunderte. „Das war die Wanderung definitiv wert. Ich habe noch nie so etwas Schönes gesehen."

Lara strahlte. „Ich bin froh, dass ich euch hierhergebracht habe. Es ist wirklich ein magischer Ort."

Kira und Lucas nickten zustimmend, während sie die Aussicht auf sich wirken ließen. In diesem Moment fühlten sie sich unendlich dankbar für die Freundschaft und die gemeinsame Zeit mit Lara und Jonas. Sie wussten, dass sie diesen Tag nie vergessen würden und dass ihre Freundschaft durch solche gemeinsamen Erlebnisse noch enger wurde.

„Ich wünschte, wir könnten hier unser eigenes Baumhaus bauen und jeden Tag diesen Ausblick genießen.", sagte Lucas verträumt.

Kira lachte. „Das wäre wirklich cool, aber ich glaube, unsere Eltern würden uns vermissen. Und wir müssten ja auch zur Schule gehen."

Lara schlug vor, dass sie alle ein Gruppenfoto machen sollten, um diesen besonderen Moment festzuhalten. Sie stellten sich an der Kante der Plattform auf, das Tal im Hintergrund, und lächelten in die Kamera.

„Das wird das beste Foto der Wanderung.", sagte Jonas, als er das Bild betrachtete. „Wir sollten es ausdrucken und in unserem Klassenraum aufhängen, um uns immer an diesen Tag zu erinnern."

„Das ist eine tolle Idee.", stimmte Kira zu. „Ich werde das Bild auf jeden Fall ausdrucken, sobald wir zu Hause sind."

Nachdem sie den Ausblick noch eine Weile genossen hatten, beschlossen sie, langsam den Rückweg anzutreten. Sie unterhielten sich auf dem Weg über ihre Zukunftspläne und Träume.

„Ich möchte irgendwann einmal die Welt bereisen

und viele verschiedene Kulturen kennenlernen.", erzählte Lara. „Es gibt so viele interessante Orte, die ich gerne besuchen würde."

Jonas nickte. „Ich träume auch davon, viel zu reisen. Aber ich möchte auch noch mehr Sportarten ausprobieren und vielleicht sogar eines Tages Trainer werden."

Kira und Lucas lächelten. Sie hatten ihre eigenen Träume und Ziele, aber sie wussten auch, dass sie ihre besonderen Fähigkeiten als Wandler noch weiter erkunden und entwickeln wollten.

Die vier Freunde erreichten schließlich den Parkausgang und verabschiedeten sich voneinander, versprachen aber, sich bald wiederzusehen und gemeinsam weitere Abenteuer zu erleben.

In den ersten Wochen des neuen Schuljahres erzählten Kira, Lucas, Lara und Jonas ihren Mitschüler:innen begeistert von der Wanderung und dem atemberaubenden Aussichtspunkt. Und tatsächlich hing das Gruppenfoto, das sie an diesem Tag aufgenommen hatten, stolz an der Wand ihres Klassenraums – als ständige Erinnerung an den wundervollen Tag, den sie gemeinsam verbracht hatten.

Kira und Lucas waren froh, ihre Freundschaft mit Lara und Jonas vertiefen zu können, auch wenn sie ihr Geheimnis über ihre Wandlerfähigkeiten noch für sich behielten.

Zurück in der Schule setzten Kira, Lucas, Lara und

Jonas ihre gemeinsamen Anstrengungen fort, um das Schuljahr erfolgreich zu meistern. Sie motivierten sich gegenseitig, fleißig zu lernen und ihre Ziele zu erreichen.

Die vier Freunde merkten, dass sie trotz der Herausforderungen des Schulalltags immer enger zusammenrückten und sich aufeinander verlassen konnten. Ihre Freundschaft wurde mit jedem Tag stärker, und sie genossen die Zeit, die sie miteinander verbrachten – ob in der Schule, bei gemeinsamen Aktivitäten oder in der Natur.

Kira und Lucas wussten, dass sie sich irgendwann ihren Freunden anvertrauen mussten und ihnen von ihren Wandlerfähigkeiten erzählen würden. Doch bis dahin waren sie dankbar für die Unterstützung und Freundschaft, die sie von Lara und Jonas erfuhren, und freuten sich auf die vielen Abenteuer, die noch vor ihnen lagen.

KAPITEL 12:

FREI WIE EIN VOGEL

An einem sonnigen Samstag, dem letzten Wochenende im Mai, saßen Kira und Lucas auf einem Baumstamm auf der Waldlichtung. Sie diskutierten angeregt darüber, in welche Tierform sie sich heute verwandeln sollten.

Lucas meinte „Weißt du, ich habe darüber nachgedacht, und ich glaube, heute sollten wir uns in Vögel verwandeln."

„Vögel, hm?" antwortete ihm Kira „Das klingt aufregend! Welche Art von Vögeln schwebt dir denn vor?"

Lucas erwiderte „Nun, ich dachte an Falken oder Adler. Stell dir vor, wie hoch wir fliegen und die Welt von oben betrachten könnten."

„Das klingt wirklich cool. Andererseits wäre es auch interessant, als Eulen durch die Nacht zu fliegen und den Wald im Dunkeln zu erkunden." grübelte Kira.

„Da hast du absolut recht. Das wäre auch ziemlich faszinierend." antwortete Lucas und dachte einen Augenblick darüber nach. „Aber wir können das ja auch später machen."

„Stimmt, das können wir. Also, Falken oder Adler? Was meinst du, welches Tier passt besser zu dir?" frage ihn Kira.

Lucas antwortete sofort ohne nachzudenken „Ich denke, ich fühle mich eher wie ein Adler. Majestätisch, frei und stark."

„Das klingt gut." sagte Kira. „Hmmm… Ich werde dann ein Falke sein, schnell und wendig. Zusammen werden wir durch den Himmel fliegen."

„Genau, das wird super cool! Lass uns loslegen und uns verwandeln."

Gesagt, getan. Sie begannen damit, sich auf die Verwandlung in Vögel zu konzentrieren. Kira versuchte es als Erste.

Kira konzentrierte sich intensiv und stellte sich vor, wie es wäre, sich in einen Vogel zu verwandeln. Sie spürte ein seltsames Prickeln in ihren Fingerspitzen, das sich langsam über ihren gesamten Körper ausbreitete. Die Veränderung begann in ihren Armen, die sich leicht und luftig anfühlten, als würden sie beginnen, sich in Flügel zu verwandeln. Ihre Knochen wurden dünner und leichter, während sich ihre Muskeln neu formten, um die kraftvollen Schwingen eines Vogels zu bilden.

Gleichzeitig bemerkte Kira, dass sich ihr Körper kleiner und schlanker wurde. Ihre Beine und Füße schrumpften und verdünnten sich, um die zierlichen, aber kräftigen Beine eines Vogels zu bilden. Ihre Zehen verwandelten sich in scharfe Krallen, bereit, sich an den Ästen der Bäume festzuklammern.

Kiras Haut begann sich zu verändern, als kleine, weiche Federn aus ihren Poren wuchsen. Zuerst bedeckten sie ihren Rücken, bevor sie sich über ihren gesamten Körper ausbreiteten. Die Federn fühlten sich leicht und flauschig an und schienen Kira in einer schützenden Hülle einzuhüllen.

Ihr Gesicht begann sich ebenfalls zu verändern. Ihre Nase und ihr Mund verschmolzen miteinander und wurden zu einem harten, spitzen Schnabel, der sich perfekt zum Picken und Fressen eignete. Ihre Augen vergrößerten sich und wanderten weiter zur Seite ihres Kopfes, um ihr ein größeres Blickfeld zu bieten und ihr besseres peripheres Sehen zu ermöglichen.

Während sich ihre Sinne an die Veränderungen anpassten, bemerkte Kira, dass ihr Gehör schärfer wurde und sie in der Lage war, die leisesten Geräusche um sie herum wahrzunehmen. Ihr Geruchssinn schien weniger ausgeprägt zu sein, aber sie bemerkte eine deutliche Verbesserung ihrer Sehfähigkeit, insbesondere in Bezug auf die Erkennung von Bewegungen und die Wahrnehmung von Entfernungen.

Schließlich spürte Kira, wie sich ihre Wirbelsäule verlängerte und sich in einen langen, schlanken Schwanz verwandelte, der von Federn bedeckt war. Die Schwanzfedern passten sich perfekt an, um ihr bei der Steuerung ihres Fluges zu helfen und ihr Gleichgewicht in der Luft zu bewahren.

Als die Verwandlung abgeschlossen war, stand Kira als Falke da, bereit, die Lüfte zu erobern und die Welt aus einer völlig neuen Perspektive zu betrachten. Sie spürte eine unglaubliche Leichtigkeit und Freiheit in ihrem Körper und war gespannt darauf, ihre neuen Fähigkeiten und ihren Fluginstinkt zu erkunden.

Kira öffnete ihre Augen und bemerkte, dass ihre Beine verschwunden waren. An ihrer Stelle befanden sich klauenartige Füße. Sie sah, wie ihre Haut sich in ein Federkleid verwandelte und ihre Flügel vollständig ausgebildet wurden. Sie spürte, wie ihre Knochen leichter wurden, während sie sich langsam in einen prächtigen Falken verwandelte.

Kira fühlte sich bereit zu fliegen, also breitete sie ihre Flügel aus und sprang in die Luft. Doch anstatt zu fliegen, landete sie mit dem Schnabel voraus im Matsch.

Lucas lachte und verwandelte sich ebenfalls in einen Adler. Jede neue Feder, die ihm wuchs, kitzelte ihn. Es fühlte sich so viel anders an, ein Adler zu sein als ein Wolf oder ein Hund.

Selbstbewusst schaute er zu Kira und sagte: „Nun

schau mal her, so macht man das!" feixte er und sprang hoch in die Luft, um zu fliegen. Aber auch er stürzte wie ein Stein zu Boden und fiel auf seinen Vogelhintern.

Die beiden Freunde sahen einander an und mussten lachen. Es war ihnen klar, dass sie das Fliegen erst lernen mussten, bevor sie sich in den Himmel erheben konnten. Sie beschlossen, es gemeinsam zu versuchen und begannen, ihre Flügel zu trainieren. Sie hüpften und sprangen, um das Gefühl für das Fliegen zu bekommen. Nach einiger Zeit und etlichen Fehlversuchen spürten sie, wie sie allmählich den Dreh rausbekamen und endlich abhoben

Die Verwandlung in Vögel hatten Kira und Lucas mittlerweile gut im Griff, doch das Fliegen erwies sich als wesentlich schwieriger, als sie zunächst angenommen hatten.

Zu Beginn hatten sie große Schwierigkeiten, sich an das Fliegen zu gewöhnen. Sie mussten lernen, ihre Flügel zu koordinieren und ihre Geschwindigkeit sowie Flughöhe präzise zu regulieren.

Als sie versuchten, eine Landung auf einem Baum zu üben, stieß Lucas gegen einen Ast und stürzte kopfüber nach unten. Zum Glück konnte er sich in der Luft noch rechtzeitig fangen, kurz bevor er auf dem Waldboden aufschlug, und landete mit einem leichten Aufprall. Kira eilte besorgt zu ihm hinüber und fragte, ob es ihm gut ging.

„Mir geht's gut.", antwortete Lucas angestrengt, während er seinen Adlerkörper prüfend absuchte. „Aber ich glaube, wir müssen noch viel mehr üben, bevor wir uns sicher genug fühlen, um durch den Wald zu fliegen."

Kira nickte zustimmend und schlug vor, dass sie ihren Fokus auf das kontrollierte Fliegen und das Landen legen sollten. „Wir können uns gegenseitig beobachten und Tipps geben, um unsere Technik zu verbessern.", schlug sie vor.

So verbrachten sie den restlichen Nachmittag damit, ihre Flugkünste zu verfeinern. Sie übten Starts und Landungen, Kurvenflüge und das Manövrieren durch enge Stellen zwischen den Bäumen. Jeder kleine Erfolg spornte sie an, weiterzumachen, und obwohl sie hin und wieder noch abstürzten, wurden sie mit jedem Versuch besser.

Am nächsten Tag waren Kira und Lucas noch immer etwas wackelig auf den Schwingen, als sie in die Luft aufstiegen. Aber nach ein paar weiteren Stunden intensiven Übens fühlten sie sich sicherer und begannen, die Landschaft von oben zu erkunden und das Fliegen in vollen Zügen zu genießen.

Sie flogen über den Wald und entdeckten Tiere, die sie noch nie zuvor gesehen hatten. Ein Adler kreiste über ihnen, während ein Eichhörnchen geschwind über den Waldboden huschte. Kira und Lucas tauschten aufgeregte Blicke aus.

„Ist das nicht einfach unglaublich, Lucas? Wir sind hier oben, fliegen mit den Vögeln und sehen die Welt aus einer völlig neuen Perspektive!"

„Ja, es ist wirklich erstaunlich! Ich hätte nie gedacht, dass das Fliegen so ein unglaubliches Gefühl sein würde."

Die beiden Freunde fühlten sich wie in einer anderen Welt. Es war ein unbeschreibliches Gefühl der Freiheit und sie genossen jede Minute. Die Kühle des Windes auf ihren Federn und das Rauschen des Windes in ihren Ohren gaben ihnen ein Gefühl von Leichtigkeit und Unbeschwertheit. Sie bewegten ihre Flügel mit einer Eleganz und Anmut, die ihnen noch nie zuvor bekannt waren.

Als sie über den See flogen, spürten sie eine gewisse Aufregung und Erregung. Sie konnten das klare Wasser unter sich sehen und die Schatten der Fische, die sich in den Tiefen des Sees bewegten. Der Anblick war so wunderschön, dass sie für einen Moment vergaßen, dass sie flogen. Sie gleiteten einfach dahin und genossen den Anblick.

„Schau, Lucas! Der See ist so wunderschön von oben. Ich hätte nie gedacht, dass wir so etwas einmal erleben würden."

„Du hast recht, Kira. Es ist atemberaubend. Lass uns höher fliegen und sehen, was uns der Himmel noch zu bieten hat."

Als Kira höher flog, wurde die Luft dünner und der

Himmel schien unendlich weit zu sein. Sie fühlte sich befreit von allem, was sie sonst belastete und spürte eine noch nie gekannte Freiheit. Es war ein Gefühl, das sie nie zuvor erlebt hatte, und sie wünschte, sie könnte es für immer festhalten.

Als sie schließlich landete und wieder zu ihrem normalen Selbst zurückkehrte, spürte Kira immer noch die Auswirkungen ihrer Transformation. Sie fühlte sich anders, als wäre ein Teil von ihr nun für immer verändert. Es war ein Gefühl der Euphorie und des Staunens, das sie nicht in Worte fassen konnte. Sie wusste nur, dass sie nie aufhören wollte, das Leben als Vogel zu erkunden und zu genießen.

Kurz nach ihrer Landung kam auch Lucas und landete elegant vor ihren Füßen. Auch er verwandelte sich langsam wieder in einen Menschen.

Lucas lächelte und sagte: „Ich wusste, dass es klappen würde. Wir haben wirklich viel durch das Buch, aber auch mit Clara und Alida gelernt. Du bist so anmutig geflogen, das war beeindruckend!"

Kira war gerührt und lächelte zurück: „Danke, Lucas. Aber ich hätte es ohne dich nicht geschafft. Es ist einfach unglaublich, wie es sich anfühlt, durch die Lüfte zu schweben. Es ist, als ob man endlich frei ist."

Lucas nickte und schaute auf den See, über den sie gerade geflogen waren. „Ich weiß genau, was du meinst. Es ist, als ob alle Sorgen verschwinden und man einfach nur das Leben genießen kann. Ich liebe es, so verbunden mit der Natur zu sein."

Kira stimmte ihm zu: „Ja, ich auch. Es ist so schön, die Welt aus einer anderen Perspektive zu sehen. Als wir über den See geflogen sind, konnte ich alles so klar und deutlich sehen. Es war, als ob ich eine neue Welt entdeckt habe."

Lucas lachte: „Und wie hast du dich beim Landen gefühlt? Ich erinnere mich noch, wie ich beim ersten Mal fast auf den Boden gekracht bin."

Kira schüttelte den Kopf: „Ich hatte ein bisschen Angst, aber es war erstaunlich einfach. Es war, als ob mein Körper genau wusste, was zu tun ist. Ich denke, ich werde das Fliegen wirklich genießen."

Lucas lächelte: „Das ist großartig, Kira. Ich bin so stolz auf dich und darauf, dass wir noch so viele Abenteuer gemeinsam erleben werden. Wir sollten wirklich öfter fliegen gehen."

Kira nickte und stimmte ihm zu: „Ja, auf jeden Fall. Lass uns morgen Nachmittag wieder fliegen und vielleicht können wir sogar ein paar neue Manöver ausprobieren. Wer weiß, was wir noch alles entdecken werden!"

Gemeinsam verließen sie die Lichtung, voller Vorfreude auf die kommenden Tage und die neuen Abenteuer, die sie zusammen als fliegende Freunde erleben würden.

KAPITEL 13:
LUCAS IN GEFAHR

An einem sonnigen Tag wartete Lucas gespannt auf der Lichtung im Wald auf Kira. Sie hatten sich verabredet, um gemeinsam weiter zu trainieren. Doch als die Minuten vergingen und Kira nicht auftauchte, wuchs Lucas Unruhe und Sorge.

Nach einer halben Stunde des Wartens entschied Lucas, auf eigene Faust durch den Wald zu gehen und nach Kira zu suchen. Enttäuschung und Ärger mischten sich in ihm, denn er hatte sich darauf gefreut, gemeinsam mit ihr wieder über den See zu fliegen und die atemberaubende Aussicht zu genießen.

Mit einem tiefen Seufzer beschloss er, sich die Zeit als Wolf im Wald zu vertreiben, während er nach seiner Freundin suchte. Die Sonne schien durch das Blätterdach und tauchte den Waldboden in ein warmes, goldenes Licht. Vögel zwitscherten fröhlich, und das sanfte

Rauschen des Windes in den Blättern beruhigte Lucas aufgewühltes Gemüt.

Plötzlich erblickte er den kleinen Bach, der durch den Wald floss. Das klare Wasser glitzerte im Sonnenlicht, und Fische schwammen unbeschwert darin. Lucas näherte sich dem Bach und tauchte seine Pfote in das kühle Wasser. Die Erfrischung tat ihm gut, und er beschloss, dem Lauf des Baches zu folgen.

Während er dem plätschernden Wasser lauschte, beobachtete er das Leben im Wald: Eichhörnchen sprangen geschickt von Baum zu Baum, und Schmetterlinge tanzten im Licht der Sonne. Lucas ließ sich von der Schönheit der Natur ablenken, doch in seinem Herzen blieb die Sorge um Kira.

„Kira, wo bist du nur?", murmelte er leise vor sich hin, während er weiter durch den Wald streifte. Mit jedem Schritt hoffte er, seine Freundin zu finden und herauszufinden, was sie aufgehalten hatte. Schließlich waren sie ein unschlagbares Team, das gemeinsam jedes Abenteuer meistern konnte – und das wollten sie auch weiterhin tun.

Lucas spürte, wie sich die Atmosphäre im Wald schlagartig veränderte. Die Vögel verstummten, und das Rauschen des Windes wich einer unheilvollen Stille. Plötzlich vernahm er ein leises Geräusch und blieb wie angewurzelt stehen. Sein Herz klopfte heftig, während er in die Stille hineinlauschte. Für einen Moment herrschte wieder Stille, doch dann vernahm er erneut das Rascheln von Zweigen und Blättern.

Als er sich vorsichtig umdrehte, bemerkte er das Zittern eines Gebüsches. Mit angespannten Muskeln näherte er sich dem Busch, bereit, jederzeit davonzulaufen. Er schlich durch das Unterholz und entdeckte eine Gruppe von Männern in Tarnkleidung, die ihn bedrohlich anstarrten. Lucas Herz raste, als er erkannte, dass es Jäger waren und er in großer Gefahr schwebte. Die Jäger trugen Gewehre und ihre Hunde wirkten wachsam und gefährlich.

Ohne zu zögern, rannte Lucas los, doch die Jäger und ihre Hunde verfolgten ihn unerbittlich. In seiner grauen Wolfsgestalt raste er durch den Wald, schneller als er als Mensch je hätte laufen können. Die Blätter peitschten gegen sein Fell und das Laub unter seinen Pfoten raschelte laut.

Während Lucas rannte, hörte er das Echo der Jäger und das Bellen ihrer Hunde in der Ferne. Seine Lungen brannten und seine Muskeln schmerzten, aber er wusste, dass er weitermachen musste, um sein Leben zu retten. Angst und Verzweiflung ließen sein Herz in seiner Brust hämmern.

Lucas spürte, wie seine Kräfte langsam nachließen und seine Beine vor Erschöpfung zitterten. Er wusste, dass er einen Weg finden musste, um seine Verfolger abzuschütteln und in Sicherheit zu gelangen. In seiner Verzweiflung betete er zu den Geistern des Waldes um Hilfe und Schutz.

Lucas konnte seinen Verfolgern gerade noch entkommen und spürte, wie sie ihm bedrohlich näherkamen. Die Jäger und ihre Hunde drängten ihn geschickt in eine abgelegene Ecke des Waldes, wo er sich gefangen fühlte. Die Bäume und das dichte Unterholz umgaben ihn wie eine undurchdringliche Mauer.

Er saß in der Falle, und die Jäger näherten sich unaufhaltsam. Sie schritten voran, ihre Gewehre erhoben und direkt auf Lucas gerichtet. Einen Augenblick lang überlegte er, sich in einen Menschen zurückzuverwandeln und ihnen zu zeigen, dass er kein gewöhnlicher Wolf war, doch dann hätte er seine wahre Natur preisgegeben. Er verwarf diesen Gedanken und entschied sich, stattdessen anzugreifen. Er knurrte bedrohlich und bereitete sich darauf vor, auf einen der Jäger loszugehen, als plötzlich ein Schuss durch die Luft zischte und Lucas nur um Haaresbreite verfehlte.

Lucas Herz hämmerte so heftig, dass es ihm vorkam, als würde es ihm aus der Brust springen. Adrenalin pumpte durch seinen Körper und seine Sinne waren geschärft. Dies war der Moment, in dem er handeln musste, bevor es zu spät war. Er machte sich zum Sprung bereit, als plötzlich eine riesige Gestalt aus dem Unterholz brach und ein markerschütterndes Brüllen ausstieß, das ihm durch Mark und Bein ging.

Die Gestalt stürzte sich mit gewaltigen Pranken auf die Jäger und ließ die Erde erbeben. Es war eine Bärin, die sich entschlossen vor Lucas stellte, bereit, ihr Leben für das seine zu riskieren. Sie schaute Lucas kurz an und zwinkerte ihm zu. In ihrem Blick erkannte er Kira – ihre Augen funkelten entschlossen und mutig, und ihre Entschlossenheit übertrug sich auf Lucas.

Die Luft knisterte vor Wut und Energie, als Kira in ihrer Bärenform die Jäger angriff. Sie schlug mit ihren Pranken, brüllte und schleuderte die Männer durch die Luft, während Lucas sich ebenfalls in den Kampf stürzte. Die Jäger waren sichtlich geschockt und überfordert von Kiras plötzlichem Erscheinen und der erbarmungslosen Kraft ihres Angriffs.

Die Jäger versuchten, ihre Waffen auf Kira zu richten, aber sie hatten keine Chance. Kira und Lucas sprangen auf sie zu und entwaffneten sie mit solcher Wucht, dass die Männer vollkommen überrascht waren. Kira zerschmetterte mit ihren mächtigen Bärenpranken die Waffe eines der Jäger, während Lucas einem anderen mit seinen scharfen Wolfszähnen in den Arm biss und ihm so die Waffe entriss.

Verängstigt und entwaffnet versuchten die Jäger, sich zurückzuziehen. Doch Kira und Lucas ließen nicht nach – sie sprangen von Baum zu Baum, umzingelten die Männer und attackierten sie mit rasiermesserscharfen Krallen und Zähnen. Die Jäger waren mittlerweile so verängstigt und überfordert, dass sie die Flucht ergriffen. Kira und Lucas verfolgten sie bis zum Waldrand und beobachteten, wie sie in Panik davonliefen. Als sie sicher waren, dass die Jäger nicht zurückkehren würden, verwandelten sie sich zurück in ihre menschliche Gestalt und sanken erschöpft zu Boden.

Lucas raffte sich auf und kroch zu Kira, um sie in seinen Armen zu halten. Sie zitterten vor Erschöpfung und Anspannung, aber auch vor Dankbarkeit und Erleichterung, dass sie einander geholfen und die Jäger erfolgreich vertrieben hatten. Ihre Verbundenheit war in diesem Moment stärker als je zuvor, und sie wussten, dass sie gemeinsam jede noch so gefährliche Situation meistern konnten.

„Das war wirklich knapp, Kira. Ich kann dir gar nicht genug danken, dass du mein Leben gerettet hast." sagte Lucas schließlich, völlig außer Atem. Seine Stimme zitterte vor Erleichterung und Dankbarkeit.

Kira sah ihn liebevoll an, ihre Augen funkelten vor Zuneigung und Stolz. „Selbstverständlich, Lucas. Ich werde immer für dich da sein. Aber was hat diese Jäger dazu gebracht, dich zu verfolgen?"

Lucas schaute sie nachdenklich an, seine Augen verrieten, wie sehr ihm die Situation zugesetzt hatte. „Als du nicht auftauchtest, dachte ich, dir wäre etwas zugestoßen und wollte nach dir suchen. Ich bin durch ein Gebüsch gekrochen und sie haben mich völlig überrascht. Sie haben mich in die Enge getrieben. Wenn du nicht gekommen wärst... ich weiß nicht, wie das geendet hätte."

Kira lächelte und spürte, wie ihr Herz vor Erleichterung und Liebe pochte. Sie schaute ihm tief in die Augen und flüsterte ihm ins Ohr: „Ich musste nur meiner Mutter im Garten helfen. Ich hätte dir eine Nachricht schicken sollen... Lucas, du bedeutest mir so viel mehr als nur ein Freund... Ich... ich...“

Lucas war überrascht und wusste nicht, was er sagen sollte, aber er spürte auch, dass er tief in seinem Herzen dasselbe empfand. Nach ein paar Sekunden, die für Kira wie eine Ewigkeit wirkten, lächelte er und nahm ihre Hand. „Kira, ich weiß nicht, was ich sagen soll. Ich habe auch das Gefühl, dass da mehr ist zwischen uns als nur Freundschaft.“

Er schaute Kira tief in die Augen und erwiderte ihre Gefühle: „Ich liebe dich auch, Kira!“

Kira fühlte sich erleichtert und lächelte zurück, ihre Wangen röteten sich vor Glück. Sie schloss die Augen und legte ihren Kopf auf Lucas Schulter. Alles fühlte sich in diesem Moment so richtig an.

„Ich liebe dich, Kira.“ sagte Lucas leise, seine Stimme von Emotionen erfüllt.

„Ich liebe dich auch, Lucas.“ flüsterte Kira zurück, Tränen der Freude glitzerten in ihren Augen. Sie blieben noch eine Weile still liegen, eng umschlungen, und genossen die warme Abendbrise. Der Duft der Blumen und das sanfte Rauschen der Bäume umgaben sie, während sie das Glück dieses besonderen Moments in sich aufnahmen. Es war ein Moment, den sie ihr ganzes Leben lang in ihren Herzen bewahren würden.

„Komm, steh auf, Lucas.", sagte Kira sanft, ihre Augen voller Zuneigung, während sie aufsprang und in Richtung See lief. Lucas erhob sich langsam, sein Herz noch erfüllt von den Emotionen des Augenblicks, und folgte ihr.

Die Sonne stand bereits tief am Himmel und tauchte die Umgebung in warmes, goldenes Licht, als Kira und Lucas die Lichtung erreichten. Der See in der Mitte funkelte verführerisch im Licht der untergehenden Sonne, und der Wind strich sanft durch das Gras und die Blätter der Bäume.

Hand in Hand näherten sie sich dem Wasser. „Bist du bereit?", fragte Kira, ihr Gesicht von Vorfreude erstrahlend.

„Immer!", antwortete Lucas lächelnd.

Sie verwandelten sich in ihre Tierformen – beide wählten die Gestalt eines Wolfes. Sie sprangen gemeinsam in den See, das kühle Wasser umspielte ihre Körper. Sie schwammen miteinander, tauchten unter und jagten einander in einem ausgelassenen Spiel.

Nach einer Weile, völlig erschöpft von ihrem Wasserspaß, kletterten sie auf das Ufer und ließen sich in das warme Gras fallen. Sie kuschelten sich eng aneinander, ihre Felle trockneten in der sanften Abendbrise. Gemeinsam beobachteten sie den Sonnenuntergang, die

Farben am Himmel verschmolzen in einer Sinfonie aus Orange, Rosa und Violett.

Als es langsam dunkel wurde und die ersten Sterne am Nachthimmel erschienen, legten sie sich in einem Dickicht nebeneinander nieder. In ihrer Wolfsgestalt schliefen sie eng aneinander gekuschelt ein, die Wärme des anderen spürend.

„Gute Nacht, Kira, schlaf gut.", flüsterte Lucas leise.

„Gute Nacht, Lucas.", antwortete Kira mit einem zufriedenen Seufzer.

Die Nacht war ruhig und friedlich, und sie wachten am nächsten Morgen erfrischt und voller neuer Energie auf. Die ersten Sonnenstrahlen kitzelten ihre Nasen, und sie tauschten verliebte Blicke aus, bevor sie sich zurück in ihre menschliche Gestalt verwandelten. „Ein neuer Tag, ein neues Abenteuer!", sagte Kira lächelnd, während sie sich an Lucas schmiegte. Sie verwandelten sich zurück und traten Hand in Hand ihren Weg an, bereit, die Welt zu erkunden und ihre Liebe zueinander weiter wachsen zu lassen.

In den folgenden Wochen verbrachten Kira und Lucas noch mehr Zeit miteinander und erkundeten ihre neue Beziehung. Sie gingen gemeinsam spazieren, entdeckten verborgene Orte und verbrachten lange Abende am Lagerfeuer, während sie ihre Gedanken, Träume und Ängste teilten.

„Ich habe manchmal Angst davor, dass unsere Liebe

auf eine harte Probe gestellt wird.", gestand Kira eines Abends, als sie in Lucas Armen lag und in die lodernden Flammen blickte. „Was ist, wenn wir uns eines Tages verlieren oder unsere Gefühle sich ändern?"

Lucas schaute ihr tief in die Augen und sagte: „Kira, ich werde immer für dich da sein, egal was passiert. Unsere Liebe ist stark, und wir werden gemeinsam alles meistern. Lass uns einfach aneinander glauben und jeden Moment genießen, den wir zusammen haben."

Sie lernten einander auf einer tieferen Ebene kennen und verstanden immer mehr, wie ihre gemeinsame Vergangenheit sie zusammenschweißte. Sie erkannten, dass ihre Stärken und Schwächen sich gegenseitig ergänzten und sie gemeinsam viel stärker waren als alleine.

KAPITEL 14:
DIE HÖHLE

Ein paar Wochen nach dem Jägerangriff streiften Kira und Lucas Hand in Hand tief im Wald umher, als sie plötzlich ein leises Rauschen wahrnahmen, begleitet von einer zarten Brise, die ihre Gesichter streichelte.

Neugierig folgten sie dem Geräusch, das sie zu einem versteckten Höhleneingang führte, der von dichtem Gestrüpp und Ästen verdeckt war. Die beiden Wandler tauschten aufgeregt Blicke aus und spürten das Abenteuer, das vor ihnen lag. Sie beschlossen, das Innere der Höhle zu erkunden.

„Wieso haben wir diese Höhle noch nie gesehen?" dachte Lucas erstaunt, seine Augen funkelten vor Aufregung.

Kira lachte herzlich und antwortete: „Na, der Eingang ist wirklich gut versteckt, und bisher sind wir hier immer recht schnell vorbeigelaufen."

Lucas sagte verdutzt „Wieso hast du das jetzt gesagt?"

Kira sah in erstaunt an und antwortete „Na, weil du doch gerade gefragt hast, warum wir diese Höhle noch nie gesehen haben."

„Kira... ich habe das nicht gesagt...", sagte Lucas. „Ich habe das nur gedacht. Wieso kannst du meine Gedanken hören?"

Kira funkelte „Weißt du noch was uns Alida gesagt hat. Wenn zwischen zwei Wandlern eine starke Verbindung existiert können sie telepathisch die Gedanken des anderen hören." Sie umarmte Lucas. „Ich wusste es doch, dass wir füreinander bestimmt sind!" lachte sie ihn an.

„Das wäre Wahnsinn, wenn das wirklich funktionieren würde. Komm, denk mal was." forderte Lucas Kira auf.

Kira überlegte einen Augenblick und dachte „Ich liebe dich Lucas!"

Lucas umarmte Kira fester und sagte zu ihr „Das konnte ich sehr gut in meinem Kopf hören Kira. Ich liebe dich auch! Ich kann dir das gar nicht oft genug sagen."

Sie standen eine Zeit lang eng umarmt da, spürten die Wärme und den Geruch des anderen.

„Na los, rein da!" Er zwinkerte ihr zu und rannte voraus in die Höhle, Kira dicht hinter ihm.

Die Dunkelheit umhüllte sie, als sie sich langsam in die Höhle hineinbewegten. Sie waren vorsichtig, da sie nicht wussten, welche Überraschungen sie dort erwarten würden. Doch das Rauschen des Wassers wurde immer lauter, und bald fanden sie sich am Ufer eines unterirdischen Flusses wieder.

Das klare, kalte Wasser floss schnell, und in der Dunkelheit spiegelten sich tausend kleine Lichter, die wie Sterne wirkten. Kira und Lucas blickten sich verblüfft an, ihre Augen funkelten vor Staunen. Die Höhle schien unendlich zu sein, und die beiden Wandler beschlossen, weiterzugehen und das Abenteuer zu genießen.

Hand in Hand folgten sie dem Fluss und stießen auf kleine Inseln und Felsen, die sie geschickt umschifften. Mit jedem Schritt, den sie tiefer in die Höhle hineingingen, entdeckten sie mehr von diesem geheimnisvollen Ort.

„Kira, was meinst du, was wir noch alles hier finden werden?" fragte Lucas, seine Stimme voller Ehrfurcht.

Kira lächelte ihn an und drückte seine Hand fester. „Ich weiß es nicht, Lucas. Aber ich bin sicher, dass es etwas Besonderes sein wird. Etwas, das wir gemeinsam erleben und für immer in unseren Herzen bewahren können."

Gemeinsam setzten sie ihren Weg fort. Sie waren bereit, gemeinsam die Wunder der Höhle zu entdecken und ihre gemeinsame Geschichte weiterzuschreiben.

Als sie tiefer in die Höhle vordrangen, bemerkten sie, dass sich der Fluss in verschiedene Richtungen teilte und sich in dunklen Tunneln fortsetzte. Die Entscheidung, welchen Weg sie einschlagen sollten, lag vor ihnen.

„Kira, wie wäre es, wenn du den linken Weg gehst und ich den rechten? Wenn einer von uns etwas Interessantes findet, rufen wir den anderen.", schlug Lucas vor und war schon fast bereit, den rechten Weg zu folgen.

„Lucas!" rief ihm Kira hinterher, ihre Stimme von Sorge erfüllt. Lucas drehte sich um und schaute sie fragend an. „Pass auf dich auf!" sagte sie besorgt, ihre Augen auf seine gerichtet.

Lucas lief zu ihr zurück und umarmte sie fest. „Keine Sorge, das mache ich.", antwortete er ihr augenzwinkernd und lief den Weg entlang, während er sich in den Wolf verwandelte.

Kira verwandelte sich in ihre Spitzhündin-Gestalt und huschte geschickt nach links den Weg hinunter. Sie zwängte sich durch die engen Tunnel, die sie bald vorfand. Nach einiger Zeit sah Kira ein mysteriöses Leuchten am Ende des Tunnels und folgte ihm neugierig.

Sie fand sich in einer riesigen Halle wieder, die von unzähligen funkelnden Kristallen erleuchtet wurde. Das Licht war so hell, dass Kira geblendet war und ihre Tiergestalt für einen Moment ablegte.

Doch sie erkannte schnell, dass sie in einem der spektakulärsten Orte war, die sie je gesehen hatte. Die Kristalle schimmerten in allen Farben des Regenbogens, und Kira konnte nicht anders, als tief beeindruckt zu sein. Sie vergaß die Zeit, während sie die Halle erkundete und die Schönheit des Ortes in sich aufnahm.

Als sie sich schließlich auf den Rückweg machte, kam ihr Lucas entgegen, der aufgeregt berichtete: „Wow, Kira, dieser Ort ist unglaublich! Aber ich denke, ich habe noch etwas Interessanteres gefunden. Einen unterirdischen Wasserfall. Aber ich habe dort Stimmen gehört." Seine Augen funkelten vor Neugier.

Gemeinsam gingen sie zurück zum Wasserfall. Als sie den unterirdischen Wasserfall erreichten, lauschten sie auf die Stimmen, die Lucas gehört hatte. Sie versteckten sich hinter Felsen und versuchten, die Quelle der Stimmen auszumachen. Während sie sich näher anschlichen, wurde ihnen klar, dass sie in einem verborgenen Teil der Höhle ein Geheimnis entdeckt hatten, das noch viele weitere Abenteuer versprach.

„Was war das?" fragte Kira besorgt und hielt abrupt an. Lucas, der ein paar Schritte vor ihr ging, drehte sich um und lauschte angestrengt. Die Stimmen klangen gedämpft, aber sie kamen definitiv näher.

„Ich weiß nicht.", sagte er leise, seine Augen suchten die Umgebung. „Vielleicht sollten wir doch wieder zurückgehen."

Aber Kira wollte nicht aufgeben. „Nein, wir müssen wissen, wer das ist", sagte sie entschlossen und begann, sich langsam und vorsichtig in Richtung der Stimmen zu bewegen.

Kira und Lucas lauschten den Stimmen, die aus der Höhle zu kommen schienen. Neugierig und aufgeregt folgten sie dem Klang, während ihre Herzen schneller schlugen. Je näher sie kamen, desto deutlicher wurden die Stimmen und sie hörten ein leises Lachen und Murmeln.

Als sie schließlich die Höhle erreichten, blieben sie stehen und starrten erstaunt auf das, was sie sahen. In der Mitte der Höhle gab es eine Feuerstelle, umgeben von mehreren kleinen Hütten aus Zweigen und Blättern. Die Wände der Höhle waren mit Fackeln beleuchtet und verliehen dem Raum eine geheimnisvolle und einladende Atmosphäre.

Sie hörten Schritte und sahen eine Gruppe von Menschen und Tieren auf sie zukommen. Kira und Lucas waren überrascht, aber auch erleichtert, dass die fremde Gruppe ihnen zuwinkte und sich auf freundliche Weise näherte.

„Willkommen in unserem Zuhause.", sagte ein älterer Mann mit einem freundlichen Lächeln und ausgestreckter Hand. „Ich bin Gunnar. Wir haben uns hier niedergelassen, um sicher vor den Menschen zu sein und unsere Fähigkeiten in Ruhe ausüben zu können.

Wir wollen nur als Tiere draußen vor der Höhle in Erscheinung treten. Einige meiner Freunde hier sind weit gereist und kommen aus fernen Landen."

Kira und Lucas schauten sich neugierig um und bemerkten, dass es sich um eine bunte Gruppe von Wandlern handelte. Es gab einen Fuchs, eine Eule, einen Luchs und sogar ein Kaninchen und noch andere Tiere. Jeder von ihnen schien seine eigene Geschichte zu haben, und Kira und Lucas fühlten sich sofort mit ihnen verbunden. Alle Tiere verwandelten sich zurück in ihre Menschengestalten.

„Felix hier habt ihr ja schon kennen gelernt.", sagte Gunnar und legte seine Hand auf die Schulter des jungen Mannes mit den haselnussbraunen Haaren.

Felix erwiderte lächelnd: „Ja, dank euch stehe ich heute hier. Ich war schon kurz davor meine Gestalt außerhalb der Höhle zu verlassen, um mich vor dem Raubvogel zu retten, aber da kamt zum Glück ihr und habt mich gerettet."

Kira und Lucas schauten sich überrascht an und sagten dann zeitgleich zu Felix: „Was, du warst dieses Kaninchen?" Sie lachten und Kira sprach weiter: „Wir hätten nie gedacht, dass du ein Wandler gewesen sein könntest. Wieso haben wir deine Aura nicht gesehen?"

„Nun, wir versuchen alles, um abgeschieden zu bleiben, und unsere Aura zu unterdrücken ist ein Teil davon, der uns dabei hilft. Für uns sind Menschen viel zu eigennützig, und wir wollen daher in Einklang mit der Natur leben.", erklärte Felix.

Die Wandler begannen, von ihren eigenen Abenteuern und Erfahrungen zu erzählen und wie sie gelernt hatten, ihre Fähigkeiten zu kontrollieren. Kira und Lucas lauschten aufmerksam, während sie gebannt den Erzählungen der erfahrenen Wandler folgten.

Einer der Wandler, ein älterer dunkelhäutiger Mann namens Kwasi, begann seine Geschichte: „Weißt du, ich werde nie vergessen, wie ich und meine Gefährtin Amara einem verängstigten Elefantenjungen halfen. Er war in eine tiefe Schlucht gestürzt und konnte nicht alleine herausklettern. Amara verwandelte sich in eine Elefantenkuh und gab dem Jungen Sicherheit, während ich mich in einen riesigen Kondor verwandelte und mit meiner Flügelkraft half, ihn nach oben zu ziehen."

Kira fragte interessiert: „Wie habt ihr es geschafft, den kleinen Elefanten anzuheben? Das klingt so unglaublich!"

Kwasi lächelte und antwortete: „Nun, es war keine leichte Aufgabe, aber mit unserer gemeinsamen Kraft und der Unterstützung der anderen Elefanten schafften wir es, den Jungen sicher zurück zu seiner Herde zu bringen."

Eine andere Wandlerin, eine junge Frau namens Naluk, erzählte dann von einer Rettungsaktion in den eisigen Weiten des Nordens: „Ich erinnere mich an das

Mal, als ich und einige andere Wandler in der Arktis waren, um eine Gruppe von Polarfüchsen vor einer Hungersnot zu retten. Wir verwandelten uns in verschiedene Tiere, um Nahrung für die Füchse zu sammeln, während andere von uns in Polarfüchse verwandelt nach neuen Futterplätzen suchten."

Lucas staunte: „Das klingt nach einer wirklich herausfordernden Situation. Wie habt ihr es geschafft, genug Nahrung zu finden?"

Naluk erklärte „Es war harte Arbeit und wir mussten uns auf unsere Fähigkeiten verlassen, um in der extremen Kälte zurechtzukommen. Aber am Ende konnten wir genug Nahrung finden und die Polarfüchse in Sicherheit bringen."

Kira und Lucas waren beeindruckt von den Geschichten der Wandler und von der Selbstlosigkeit, mit der sie ihre Fähigkeiten einsetzten, um anderen zu helfen. Sie waren entschlossener denn je, ihre eigenen Fähigkeiten weiterzuentwickeln und sich ebenfalls für den Schutz der Natur und der Tiere einzusetzen.

„Wir würden uns freuen, wenn ihr bei uns bleiben würdet.", sagte der ältere Wandler Gunnar mit einem warmen Lächeln. „Hier könnt ihr lernen, eure Fähigkeiten zu beherrschen und unsere Gemeinschaft zu stärken."

Kira und Lucas schauten sich an und lächelten. Sie wussten, dass sie hier willkommen waren und dass sie viel von den Wandlern lernen konnten.

„Danke für das Angebot", antwortete Lucas, „aber wir werden weiter unter den Menschen leben. Doch wenn wir willkommen sind, würden wir euch gerne immer wieder besuchen."

Die Wandler nickten zustimmend und Gunnar sagte: „Wir sind jederzeit für euch da. Unsere Türen stehen euch offen."

So beschlossen Kira und Lucas, noch eine Weile in der Höhle zu bleiben und ihre neuen Fähigkeiten unter der Anleitung der erfahrenen Wandler zu trainieren. Sie verbrachten wertvolle Zeit mit der Gemeinschaft, lernten voneinander und knüpften tiefe Freundschaften.

KAPITEL 15:
DIE BEDROHUNG

„Ein böser Puma Wandler hat unser Dorf in den letzten Wochen immer wieder angegriffen.", berichtete der Ältere Wandler, der sich als Gunnar vorgestellt hat, mit besorgter Miene. „Er tötet unsere Tiere und bedroht uns und unsere Kinder. Wir hatten bisher nur Glück, dass noch kein Wandler unter den Tieren war, die er gerissen hatte. Wir haben versucht, ihn zu bekämpfen, aber er ist zu stark für uns."

Kira und Lucas wechselten nur kurz einen Blick, sie wussten, dass sie helfen mussten. „Wir werden euch helfen, den Puma Wandler zu besiegen.", sagte Kira entschlossen.

Die Wandler bedankten sich und sagten, dass sie froh seien, Unterstützung zu haben. Sie erklärten Kira und Lucas, dass der Puma Wandler in einem nahegelegenen Tal lebte, das von steilen Klippen umgeben war.

„Wisst ihr, wie wir ihn besiegen könnten?" fragte Lucas neugierig.

„Unsere Schamanin hat uns gesagt, dass der Puma Wandler eine Schwäche für Feuer hat.", antwortete Felix nachdenklich. „Wenn ihr Feuer gegen ihn einsetzt, werdet ihr ihn besiegen können."

„Feuer? Feuer ist auch für uns gefährlich!", erwiderte Kira besorgt. „Ich denke nicht, dass das eine Option ist. Am Ende fackeln wir den ganzen Wald ab, nein, es muss doch noch etwas anderes geben, oder?"

Die Augen des alten Wandlers Gunnar leuchteten auf, als er über eine weitere Schwäche des Puma Wandlers nachdachte. „Ich erinnere mich an seinen letzten Angriff.", sagte er schließlich mit nachdenklichem Blick. „Es schien, als dass der Puma Wandler Schwierigkeiten hat, sich zu konzentrieren, wenn er lauten Geräuschen ausgesetzt ist. Er war nicht er selbst, als die Hütte mit unseren Kochtöpfen zusammengebrochen ist und einen Höllenlärm verursacht hat. Ich denke, wenn er sich nicht konzentrieren kann, könnte er schwächer werden und seine Tierform verlieren."

Kira und Lucas sahen sich an, als ob sie einen Plan schmieden würden. „Das könnte funktionieren,", sagte Kira schließlich. „aber woher sollen wir laute Geräusche bekommen?"

Der alte Wandler lächelte. „Ich kenne eine alte Legende über ein Instrument, das einst von den Urvölkern des Amazonas verwendet wurde. Es heißt, dass es eine unglaublich laute und mächtige Stimme hat und dass es sogar in der Lage ist, das Wetter zu beeinflussen."

„Was für ein Instrument ist das?" fragte Lucas neugierig.

„Es heißt die Trompete des Donners.", antwortete der alte Wandler. „Es ist ein heiliges Instrument und nur wenige haben es in der Geschichte gesehen oder gehört. Aber wenn es jemals eine Zeit gab, um es zu finden, dann ist es jetzt."

Kira und Lucas nickten entschlossen. Sie würden alles tun, um ihr Dorf und ihre Freunde zu schützen. Sie dankten den Wandlern und machten sich auf den nach Hause.

Sie besprechen wie sie am besten gegen einen Puma kämpfen sollten und wie sie seine Schwäche ausnutzen könnten.

„Die Trompete des Donners, hm?", sagte Kira zweifelnd. „Ich weiß ja nicht. Es klingt irgendwie unwirklich, oder?"

„Ja, ich denke auch, dass das nur ein Mythos ist.", erwiderte Lucas, seine Stirn in Falten gelegt. „Und selbst wenn es wahr ist, wie sollen wir sie im Amazonas finden? Das ist wie die Suche nach der Nadel im Heuhaufen. Aber es muss doch auch irgendwie anders möglich sein, wie wir seine Schwachstelle ausnutzen können."

Kira lachte daraufhin und versuchte, die Stimmung

aufzuhellen. „Da wird uns schon noch etwas einfallen. Uns fällt doch immer etwas ein, oder?" Sie grinste Lucas an, der ihr zustimmend zunickte.

„Also gut, lasst uns überlegen.", begann Lucas, seine Gedanken zu ordnen. „Wenn laute Geräusche seine Konzentration stören, müssen wir eine Möglichkeit finden, genug Lärm zu erzeugen, um ihn abzulenken."

Kira tippte nachdenklich auf ihre Lippen. „Vielleicht könnten wir eine Art Schallwaffe bauen, die laut genug ist, um ihn zu verwirren. Oder wir könnten eine Falle einrichten, die einen lauten Knall auslöst, wenn er sie auslöst."

Die beiden Freunde tauschten weitere Ideen aus und verbrachten den ganzen Rückweg damit, Pläne zu schmieden und Strategien zu entwickeln. Sie waren fest entschlossen, ihre Freunde und das Dorf der Wandler zu schützen, und sie würden nicht aufgeben, bis sie den Puma Wandler besiegt hatten.

Am nächsten Tag war schon wieder Montag und die beiden waren in der Schule. Kira und Lucas saßen im Klassenzimmer und langweilten sich. Der Lehrer redete und redete, aber seine Stimme klang wie ein monotones Summen im Hintergrund. Die beiden Freunde waren gedanklich immer noch bei der Suche nach einer Möglichkeit, den Puma Wandler zu besiegen.

„Ich habe es!" flüsterte Lucas plötzlich zu Kira. „Wir müssen uns nur in ein sehr lautes Tier verwandeln und den Wandler dadurch zwingen, seine Tierform zu verlassen."

Kira schaute ihn skeptisch an und flüsterte zurück: „Wozu das denn? Wir wissen doch schon, dass es die Trompete des Donners ist."

Lucas schüttelte den Kopf. „Ich glaube nicht, dass es so einfach ist. Ich denke immer noch, dass diese Trompete nur ein Mythos ist."

Kira zuckte mit den Schultern. „Keine Ahnung. Vielleicht ein Löwe oder ein Elefant?"

Lucas schüttelte den Kopf. „Die sind zwar laut, aber es gibt noch lautere Tiere... Fragen wir doch unseren Bio-Lehrer nach der Stunde."

Nach der Stunde warteten beide, bis sie die letzten im Zimmer waren, und Lucas fragte ihren Lehrer: „Herr Müller, eine Frage: welches Tier ist am lautesten?"

Der Lehrer schaute ihn überrascht an. „Das ist eine gute Frage, Lucas. Es gibt mehrere Tiere, die sehr laut sind. Zum Beispiel der Einlappenkotinga."

Kira war skeptisch. „Noch nie gehört, was ist das für ein Tier?"

„Das ist ein Vogel", erklärte Herr Müller. „Der Einlappenkotinga ist auch als Weißglöckner oder Zapfenglöckner bekannt. Er kommt aus Südamerika."

„Was ist mit den Säugetieren? Welche sind hier die lautesten?", fragte Lucas weiter.

„Da gibt es auch ein paar Kandidaten", sagte der Lehrer. „Zum Beispiel der Elefant oder der Blauwal. Bei Fischen würde mir noch der afrikanische Elefantenrüsselfisch einfallen, wenn das deine nächste Frage gewesen wäre." und lächelte dabei.

„Wow", sagte Lucas beeindruckt. „Und was ist mit einem Puma?"

Der Lehrer überlegte. „Ein Puma kann durchaus laut sein, aber er ist nicht in der Lage, so laut zu schreien wie zum Beispiel ein Elefant."

Kira und Lucas nickten und bedankten sich bei Herrn Müller. Sie verließen das Klassenzimmer und Kira grinste und flüsterte leise. „Siehst du, Lucas? Es ist doch die Trompete des Donners!"

Lucas schüttelte den Kopf und ein entschlossener Ausdruck machte sich auf seinem Gesicht breit. „Nein, nein", sagte er, „ich glaube wirklich, dass es funktionieren könnte, wenn ich mich in einen Einlappenkotingas verwandle und ihn mit dem lauten Schrei ablenke. Währenddessen könntest du ihn als Wolf oder Bär angreifen. Sieh mal, was ich über den Vogel auf Wikipedia gefunden habe."

Er reichte Kira sein Handy, sodass sie die Informationen selbst durchlesen konnte. Kira nahm das Handy und begann zu lesen, während Lucas geduldig darauf wartete, dass sie die Informationen verarbeitete.

[...] die im nördlichen Teil Südamerikas vorkommt. Die

146

vollkommen weiß gefärbten Männchen sind für ihre extrem lauten Paarungsrufe bekannt. [...] Einlappenkotingas errei-chen ausgewachsen Größen zwischen 27,5 und 28,5 cm und ein Gewicht von 210 bis 215 g. [...] Während Einlappenko-tingas außerhalb der Brutzeit in der Regel sehr stille Vögel sind, ist die Art vor allem für die typischen Paarungsrufe der Männchen bekannt. Dieser äußerst einprägsame Ruf klingt wie ein zweisilbiges klong-klang und wurde mit dem Schlag eines Hammers auf einen Amboss verglichen. Es handelt sich dabei mit einer Lautstärke von 125 dB SPL um den lautesten Ruf, der bei Vögeln bekannt ist. [...]

„Hmmm, ich denke, du könntest wirklich Recht ha-ben.", stimmte Kira nachdenklich zu. „Vielleicht ist die-ser Vogel ja sogar der Ursprung dieser Legende über die Trompete des Donners." Sie lachte Lucas an, und er er-widerte das Lachen.

„Möglich…", stimmte er zu, und beide tauschten ei-nen vielsagenden Blick aus. Sie begannen, gemeinsam einen Plan zu entwickeln, wie sie den Puma Wandler be-siegen könnten.

Am Wochenende machten sie sich auf den Weg tief in den Wald, um niemanden zu stören. Schließlich sollte der Einlappenkotingas, den Lucas imitieren wollte, sehr laut sein, und sie wollten nicht riskieren, dass die Men-schen herausfinden, dass in ihrem Wald ein Vogel aus Südamerika umherfliegt und herumschreit.

Als sie an ihrer Lieblingsstelle, einer Waldlichtung mit einem kleinen See, ankamen, hielt Lucas inne.

„Warte, Kira!", sagte er, „Ich denke, hier sollten wir tief genug im Wald sein. Außerdem liebe ich diese Lichtung und den See."

Kira nickte zustimmend und neckte ihn daraufhin: „Na dann, zeig mal, was du draufhast und wie laut du wirklich sein kannst."

Lucas setzte sich auf den Boden und schloss die Augen, während er sich auf die bevorstehende Verwandlung konzentrierte. Er spürte ein Kribbeln in seinem Körper, das sich wie eine Welle von Kopf bis Fuß ausbreitete und die Verwandlung in Gang setzte. Er konnte fühlen, wie seine Gliedmaßen schrumpften und seine Hände und Füße langsam in Krallen und Flügel übergingen. Es war immer ein merkwürdiges Gefühl – wie eine Mischung aus Schmerz und Freude, als würde sich seine Haut zusammenziehen und seine Knochen sich neu anordnen.

Dann spürte er, wie sich seine Brust ausdehnte und neue Federn wuchsen. Zuerst waren es nur einzelne Federn, die aus seinem Körper herauswuchsen, aber nach und nach bedeckten sie seine gesamte Brust, Schultern und Rücken. Es war ein wunderbares Gefühl, als ob er eine Rüstung angelegt hätte, die ihn vor jedem Angriff schützen würde.

Doch es war nicht nur das Aussehen, das ihn faszinierte, sondern auch das Gefühl, seine Arme in Flügel zu verwandeln und die Möglichkeit zu haben, durch die Lüfte zu gleiten.

Und dann waren da noch der Schnabel und die Krallen, die aus seinen Händen und Füßen wuchsen. Sie fühlten sich scharf und kraftvoll an, und er wusste, dass er in der Luft und auf dem Boden kämpfen könnte, wenn es notwendig war.

Alles in allem war es ein überwältigendes Gefühl, sich in einen Vogel zu verwandeln. Lucas öffnete seine Augen, die sich nun an das scharfe Sehvermögen eines Einlappenkotingas angepasst hatten, und blickte auf seine neuen, gefiederten Gliedmaßen. Er konnte nicht anders, als zu staunen und sich zu freuen über die neuen Kräfte, die er jetzt besaß.

Kira beobachtete Lucas Verwandlung fasziniert und lächelte, als sie sah, wie er sich in den prächtigen Vogel verwandelte. „Wow, Lucas, das ist wirklich beeindruckend!", rief sie aus. „Jetzt lass uns hören, wie laut du wirklich sein kannst!"

„Halte dir lieber die Ohren zu.", warnte Lucas Kira, bevor er den Schrei ausstieß. „Ich denke, das könnte jetzt wirklich laut werden."

Kira nickte und hielt sich die Ohren zu, während sie gespannt auf Lucas Schrei wartete. Schließlich stieß Lucas den ohrenbetäubenden Schrei aus:

„Boi-ing!"

Der markerschütternde Schrei durchbrach die Stille des Waldes und ließ die Blätter an den Bäumen erbeben. Kira spürte trotz ihrer abgedeckten Ohren, wie der

Schall durch ihren Körper zog, ein unangenehmes Kribbeln hinterließ und sie unfreiwillig zusammenzucken ließ.

„Ahhh...", stöhnte sie, als sie ihre Hände langsam von den Ohren nahm und sie rieb. Ihre Augen waren weit aufgerissen, und ihr Herz pochte in ihrer Brust. „Das klang wirklich schrill! Ich denke, das ist sogar lauter als ein startendes Flugzeug. Wenn das den Puma nicht ablenkt, weiß ich auch nicht, was es sonst noch tun könnte."

Lucas, dessen Wangen vor Anstrengung gerötet waren, schüttelte den Kopf, immer noch beeindruckt von der Kraft seiner eigenen Stimme. „Frag mich mal...", erwiderte er keuchend. „Ich habe mich selbst erschrocken! Das fühlt sich echt komisch an im Hals." Er räusperte sich und schaute Kira an, sein Blick voller Entschlossenheit. „Aber ich denke, wir haben nun einen soliden Plan."

Kira nickte zustimmend, ihr Gesichtsausdruck plötzlich ernst. „Eine Idee habe ich noch.", sagte sie zu Lucas und trat näher an ihn heran, sodass ihre Stimme kaum mehr als ein Flüstern war. „Lass uns das mit der Telepathie weiter üben und verbessern. Ich denke, das könnte uns helfen, wenn wir uns so absprechen können, ohne dass der Puma uns hört und dann auch weiß, was wir vorhaben."

Lucas Augen leuchteten auf, und er nickte eifrig.

„Gute Idee, lass uns das machen." Sagte er und in Gedanken fügte er hinzu: „Telepathie könnte uns wirklich einen entscheidenden Vorteil verschaffen." Ein breites Grinsen breitete sich auf seinem Gesicht aus, als er erkannte, dass Kira seine Gedanken ohne Probleme verstanden hatte.

Gemeinsam, die Angst und Aufregung in ihren Herzen, machten sich Kira und Lucas daran, ihre Fähigkeiten zu verbessern und ihren Plan gegen den Puma in die Tat umzusetzen. Sie spürten, dass das Schicksal des Waldes in ihren Händen lag, und waren bereit, alles zu geben, um ihn zu retten.

KAPITEL 16:
DER PUMA WANDLER

Am nächsten Freitag erzählten Kira und Lucas ihren Eltern, dass sie jeweils bei dem anderen übernachten wollten. In Wirklichkeit hatten sie jedoch vor, sich auf den Weg in das nahegelegene Tal zu machen, um den Puma-Wandler zu finden und zu stellen.

Hand in Hand wanderten Kira und Lucas durch den dichten Wald, der sie zum Rand eines abgelegenen Tals führte. Die Klippen waren steil und beeindruckend hoch. Sie atmeten tief ein und bestaunten das erhabene Panorama. Die Sonne stand hoch am Himmel, doch die Felsen ließen nur wenige Strahlen hindurch, die durch das Blätterdach brachen und winzige Lichtflecken auf den Boden streuten.

Sie erreichten einen kleinen Fluss, der sich durch das Tal schlängelte. Das Wasser war glasklar, und sie konnten die Fische, die darin schwammen, deutlich sehen.

Der Duft von wilden Blumen und frischem Gras erfüllte die Luft und vermischte sich mit dem Duft von Erde und Moos.

Lucas kletterte auf einen der höheren Felsen und blickte aufmerksam in die Ferne. Kira lief am Fluss entlang und beobachtete die Fische. Sie waren beide still, tief in Gedanken versunken, ihre Sinne geschärft. Lucas konnte die Vögel hören, die in den Bäumen zwitscherten, und spürte den Wind, der über seine Haut strich.

Kira kehrte zu Lucas zurück und schmiegte sich an ihn. Er spürte ihren warmen Atem auf seiner Haut, und sie sahen sich tief in die Augen. Es war ein magischer Moment, als ob die Welt um sie herum zum Stillstand gekommen wäre. Dann sagte Lucas entschlossen: „Na los, fliegen wir hoch, vielleicht entdecken wir etwas." Lucas verwandelte sich in einen Adler und erhob sich in die Lüfte. Er schwebte ein paar Meter über dem Boden, während Kira ihm als Falke folgte.

Sie flogen entlang der Klippen und entdeckten schließlich eine kleine Höhle in der Felswand. Sie flogen hinein und landeten auf einem Felsen. Von hier aus konnten sie das Tal von oben betrachten. Es war ein erhabener Anblick, der ihre Herzen höherschlagen ließ. Beide wussten, dass sie gemeinsam stark waren und bereit, die Herausforderung anzunehmen, um den Puma-Wandler zu stellen. Ihre Entschlossenheit und Liebe füreinander gaben ihnen die Kraft, die sie benötigten, um ihre gefährliche Mission fortzusetzen.

Nur wenige Minuten später, während sie das Tal überblickten, hörten sie ein leises Knurren aus der Ferne. Kira und Lucas tauschten einen entschlossenen Blick aus, in dem Entschlossenheit und gegenseitige Unterstützung lagen. Sie wussten, dass der Moment der Konfrontation gekommen war. Es war an der Zeit, den Puma-Wandler zu stellen und ihre Freunde und ihre Gemeinschaft zu beschützen. Ihre Herzen rasten, während sie sich auf den entscheidenden Kampf vorbereiteten, der das Schicksal ihrer Welt bestimmen würde.

„Lass uns dort drüben auf der Lichtung landen. Das nahe Dickicht könnte sein Versteck sein.", schlug Lucas vor und stürzte sich ohne zu zögern im Sturzflug nach unten in Richtung der Lichtung. Kira verdrehte die Augen und murmelte: „Dass er auch immer so lospreschen muss…", aber ein Lächeln huschte über ihr Gesicht, als sie sich an seine Unerschrockenheit erinnerte. Sie machte es Lucas gleich und ging ebenfalls in den Sturzflug, um neben ihm zu landen und sich wieder in ihre Menschengestalt zu verwandeln.

Kaum hatten sie den Boden erreicht, winkte Lucas aufgeregt Kira zu sich und deutete auf den Waldboden. „Hier, schau mal. Sind das nicht Pumaspuren?" Kira betrachtete die Abdrücke und nickte zustimmend. „Sie sehen zumindest so aus, wie in unserem Biologiebuch. Ich denke, wir sollten den Spuren langsam folgen und auf alles vorbereitet sein.", schlug sie vor. „Lass uns ab jetzt nicht mehr miteinander reden. Lass uns unsere Telepathie nutzen, wenn wir uns abstimmen müssen. Wir müssen den Puma überraschen."

Vorsichtig und leise folgten sie den Spuren durch das Dickicht und über unwegsame Pfade. Ihr Herz raste vor Aufregung, während sie sich immer weiter in das Unterholz vortasteten. Schließlich erreichten sie eine große Lichtung in der Ferne. Sie blickten sich an und nickten einander zu, bevor sie sich in die im Plan ausgeheckten Tiergestalten – die Wölfe – verwandelten.

Mit geschärften Sinnen schlichen sie sich an den Rand der Lichtung heran und entdeckten den Puma in seiner Tiergestalt, der majestätisch in der Mitte stand. Als er sie erblickte, hob er den Kopf und fixierte sie mit seinen gelben Augen. Langsam und mit einem tiefen Brummen näherte er sich ihnen.

Kira und Lucas zögerten einen Moment, aber dann schauten sie sich tief in die Augen, spürten die Verbindung zwischen ihnen und wussten, dass sie gemeinsam stark waren. Sie atmeten noch einmal tief durch und gingen mit erhobenem Haupt dem Puma entgegen, bereit für den Kampf, der ihr Schicksal und das ihrer Freunde entscheiden würde.

Der Puma wirkte größer und stärker als sie erwartet hatten, doch das schreckte Kira und Lucas nicht ab. Sie waren entschlossen, ihn zu besiegen und das Dorf der Wandler zu retten. Sie spürten die Schwere ihrer Verantwortung, doch sie wussten, dass sie gemeinsam stark genug waren.

Die Luft knisterte vor Spannung, während der Puma-Wandler aufheulte und seine Wut sich ins Unermessliche steigerte. Mit einer ungeahnten Geschwindigkeit und Präzision startete er einen Angriff gegen Kira, der sie völlig überraschte. Doch in dem entscheidenden Moment sprang Lucas mit aller Kraft in den Puma hinein. So rettete er Kira vor einem tödlichen Treffer.

„Kira, wir müssen uns gegenseitig decken und ihn gemeinsam besiegen!" dachte Lucas, während er seine Schmerzen unterdrückte und sich wieder auf die Beine kämpfte. Kira nickte entschlossen, und so starteten sie ihre koordinierte Attacke.

Lucas ging in die Offensive und griff den Puma Wandler an, während Kira ihm den Rücken deckte. Der Puma Wandler wehrte Lucas Angriffe ab und sprang immer wieder weg, um seinen Gegnern auszuweichen. Doch Lucas ließ sich nicht beirren und hielt weiterhin den Druck aufrecht.

Plötzlich wandte sich der Puma um und sprang auf Lucas zu. Lucas konnte nicht mehr rechtzeitig ausweichen und der Puma Wandler traf ihn mit einem kräftigen Biss in die Seite. Lucas schrie vor Schmerz auf, doch er weigerte sich, aufzugeben.

Kira stürmte direkt auf den Puma los und konnte ihn gerade noch rechtzeitig von einer weiteren Attacke gegen Lucas ablenken. Schnell verwandelte sie sich in eine Bärin und versuchte, den Puma mit ihren mächtigen Pranken zu schlagen. Der Puma war zwar schnell, aber

Kira war entschlossen und nutzte ihre enorme Stärke. Mit einem kräftigen Hieb traf sie ihn schließlich und versetzte ihm einen tiefen Prankenkratzer über die linke Schulter.

Der Puma Wandler zog sich etwas zurück, um seine Wunden zu lecken. Kira und Lucas hielten ihn fest im Auge, denn sie wussten, dass er jederzeit wieder angreifen konnte. Der Puma Wandler stieß ein tiefes Knurren aus und sprang erneut auf Kira zu, doch diese wich ihm geschickt aus und schlug ihm erneut auf die linke Schulter, was ihn sichtlich schwächte.

Der Puma-Wandler, von Schmerz und Wut übermannt, zog sich vorsichtig zurück, während er seine Wunden musterte. Kira und Lucas wussten, dass sie wachsam bleiben mussten, denn der Puma-Wandler war noch immer eine gefährliche Bedrohung und könnte jeden Moment erneut angreifen. Mit zusammengekniffenen Augen und angespannten Muskeln beobachteten sie ihren Gegner, bereit, alles zu geben, um ihre Freunde und ihr Dorf zu beschützen.

Der Puma-Wandler fixierte Kira mit einem bedrohlichen Blick, während ein tiefes, grollendes Knurren seine Entschlossenheit zeigte. Kira und Lucas bereiteten sich auf den nächsten Angriff vor, ihre Körper angespannt und bereit für jede plötzliche Bewegung. Sie spürten die Adrenalinwelle, die ihre Sinne schärfte und ihre Reaktionen beschleunigte.

In einem blitzschnellen Moment sprang der Puma-

Wandler erneut auf Kira zu, seine Klauen scharf und bereit zuzuschlagen. Doch Kira, ihre Sinne geschärft und voller Entschlossenheit, wich ihm geschickt aus. Sie nutzte seine Schwäche aus, die sie ihm im vorherigen Kampf zugefügt hatte, und schlug mit aller Kraft noch einmal auf die linke Schulter des Puma-Wandlers.

Dieser stöhnte schmerzerfüllt auf, seine Kräfte schwanden mit jedem Treffer, den er einstecken musste. Kira und Lucas erkannten ihre Chance und gemeinsam nutzten sie ihre überlegene Koordination und Teamarbeit, um den geschwächten Puma-Wandler weiter zu schwächen und seinen drohenden Angriffen zu entkommen. Es war ein atemberaubendes Schauspiel aus Geschick, Stärke und Entschlossenheit, das die beiden Wandler hier an den Tag legten.

„Lucas!" dachte Kira mit aller Kraft, ihre Gedanken fast greifbar in der Luft zwischen ihnen. „Verwandle dich in den Vogel!" Kira sprintete mit rasender Geschwindigkeit auf den Puma zu, ihre Zähne gefletscht und bereit, zuzuschlagen. Ihr Angriff zielte darauf ab, den Puma von Lucas abzulenken, um ihm die Chance zu geben, sich in den Vogel zu verwandeln und den Kampf aus einer neuen Perspektive anzugehen.

Der Puma, überrascht von Kiras plötzlichem Ansturm, konzentrierte nun seine ganze Aufmerksamkeit auf sie. Beide lieferten sich einen erbitterten und wilden Kampf, bei dem sie sich gegenseitig mit Pranken und Klauen attackierten, immer wieder aufeinanderprallten und sich gegenseitig abwehrten. Ihr Konflikt war so intensiv, dass sie vollständig in ihrer eigenen Welt versunken waren, ohne Rücksicht auf die Umgebung oder die anderen Lebewesen um sie herum.

Lucas verstand sofort, was Kira dachte, und nutzte die Ablenkung, um sich schnell und geschickt in den Einlappenkotinga zu verwandeln. Seine Federn schimmerten im Sonnenlicht, während er in die Lüfte aufstieg, bereit, sich wieder in den Kampf zu stürzen und Kira zur Seite zu stehen. Jetzt konnten sie den Puma-Wandler aus zwei völlig unterschiedlichen Winkeln und mit unterschiedlichen Fähigkeiten angreifen, und das gab ihnen einen entscheidenden Vorteil in diesem epischen Kampf ums Überleben. Ihre Herzen pochten vor Aufregung und Entschlossenheit, während sie sich auf den finalen Schlag gegen den Puma-Wandler vorbereiteten.

Lucas sammelte seine Kräfte für den entscheidenden Moment und bereitete sich auf seinen nächsten Angriff vor. Er stürzte sich im Sturzflug auf den Puma und schrie aus Leibeskräften, nur um dann wieder in die Höhe zu steigen und erneut in den Sturzflug zu gehen. Sein Herz raste, während er sich auf seine Angriffe konzentrierte.

Bei jedem Schrei zuckte der Puma zusammen und stellte seinen Kampf gegen Kira kurz ein. Die schrillen Töne des Vogels dröhnten in seinen Ohren, verwirrten ihn und ließen ihn innehalten. Der Puma spürte seine eigene Unsicherheit und Furcht aufsteigen, während die strategischen Angriffe seiner Gegner ihn zunehmend schwächten.

Die kurzen Atempausen, die Lucas Angriffe aus der Luft dem Kampfgeschehen verliehen, verschafften Kira die entscheidende Möglichkeit, sich gegen den stärkeren Puma zu behaupten. Sie erkannte ihre Chance und verwandelte sich mit blitzartiger Geschwindigkeit erneut in den Wolf. Als Wolf war sie zwar körperlich schwächer als der Puma, doch ihre Wendigkeit und Agilität waren nun ihr entscheidender Vorteil.

Kira kreiste den Puma ein, ihre goldenen Augen fixierten das wütende Raubtier, während sie ihre Angriffe mit großer Präzision und Geschicklichkeit ausführte. Sie griff den Puma immer wieder von verschiedenen Seiten an, mal von links, mal von rechts, mal von hinten – ihre Schnelligkeit war überwältigend. Sie entkam seinen Gegenangriffen mit einer Leichtigkeit, die den Puma zunehmend frustrierte und ermüdete.

In einem perfekten Zusammenspiel mit Lucas aus der Luft gelang es Kira, den Puma in die Enge zu treiben und ihm zuzusetzen. Die beiden Gestaltwandler hatten sich auf ihre individuellen Stärken und Fähigkeiten besonnen und kämpften nun mit einer beispiellosen Entschlossenheit und Geschicklichkeit, um dieses dramatische Duell für sich zu entscheiden. Ihre Augen funkelten vor Entschlossenheit und Siegeswillen, während sie weiterhin ihre Angriffe koordinierten.

Der Puma, einst der gefürchtete Gegner, spürte, wie

seine Kräfte schwanden und er die Kontrolle über die Situation verlor. Panik und Wut mischten sich in seinen Augen, während er verzweifelt versuchte, sich gegen die gnadenlose Taktik seiner Gegner zu wehren. Sein Herz pochte heftig, und er spürte, dass der Kampf sich unaufhaltsam seinem Ende näherte.

Kira spürte, wie der entscheidende Moment herannahte, um die Verwirrung des Pumas auszunutzen. Lucas stürzte sich in einem kühnen Sturzflug erneut auf den Puma hinab und lenkte ihn ab. Kira nutzte diese Gelegenheit und sammelte all ihre Kraft und Geschicklichkeit, um auf den Rücken des Puma-Wandlers zu springen. Ihre Muskeln unter dem dichten Wolfspelz spannten sich an, und sie katapultierte sich mit einem gewaltigen Satz auf den Puma-Wandler.

Der Puma-Wandler schlug in seiner Verzweiflung wild um sich, um Kira von seinem Rücken abzuschütteln. Doch Kira hielt sich mit eiserner Entschlossenheit und ihren scharfen Krallen an seinem Fell fest, während sie ihm mit ihren mächtigen Zähnen in den Nacken biss. Der Puma bäumte sich in einem letzten verzweifelten Versuch auf und schüttelte seinen Körper heftig, um Kira loszuwerden.

Schließlich gelang es ihm, Kira von sich abzuschütteln, doch das Raubtier taumelte und schwankte vor Erschöpfung. Sein Atem ging schwer, und es war offensichtlich, dass seine Kräfte rapide nachließen. Kira und Lucas wussten, dass sie nun die Oberhand gewonnen hatten. Sie sammelten ihre letzten Reserven an Energie und bereiteten sich darauf vor, den entscheidenden Schlag gegen den Puma-Wandler auszuführen.

Mit jedem Schrei von Lucas wurde der Puma sichtlich desorientierter und schwächer. Die Schreie dröhnten in seinem Kopf und raubten ihm die Orientierung. Kira blickte Lucas an und nickte ihm zu, um ihm zu signalisieren, dass sie einen gemeinsamen Plan verfolgten.

Nach einigen Schreiangriffen von Lucas schwankte der Puma auch während er nicht schrie. Kira erkannte, dass ihre Strategie funktionierte, und lenkte den Puma nun nur noch ab, um ihn müde werden zu lassen. Sie wollte ihn nicht mehr weiter verletzen, sondern nur sicherstellen, dass er keine Gefahr mehr darstellte.

„Lucas, wir sind fast am Ziel!", sandte Kira telepathisch an Lucas, während sie den Puma geschickt umkreiste und seine Aufmerksamkeit auf sich zog. Lucas nickte entschlossen und verstand die Dringlichkeit der Situation. Er wusste, dass sie den Sieg jetzt in greifbarer Nähe hatten und es an der Zeit war, dem Kampf ein Ende zu setzen.

Mit einer Mischung aus Furcht und Entschlossenheit in seinen Augen stieß Lucas sich vom Boden ab und startete einen weiteren Schreisturzflug auf den Puma hinab. Der Puma zuckte zusammen, doch Lucas ließ nicht nach. Er flog ein zweites Mal auf ihn zu, seinen markerschütternden Schrei hallend durch den Wald sendend.

Schließlich, nach Lucas letztem, durchdringendem Schrei, brach der Puma unter der schieren Wucht der Angriffe zusammen und blieb auf dem Waldboden liegen. Sein Atem ging schwer und unregelmäßig, und es war offensichtlich, dass er nicht mehr die Kraft hatte, weiterzukämpfen.

Ganz langsam verwandelte sich der Puma zurück in einen Menschen. Die Rückwandlung stoppte ungefähr in der Mitte, als der Puma mit zitternder Stimme fragte: „Wie konntet ihr das tun? Ihr wurdet genauso wie ich geboren, warum kämpft ihr gegen mich?"

Kira und Lucas brachen nun ihr Schweigen und Kira antwortete dem Puma ruhig „Wir kämpfen nicht gegen dich, wir verteidigen uns nur. Wir verteidigen uns und die ganzen Wandler aus der Höhle, die du angegriffen hast. Wir wollen Frieden und Gerechtigkeit für alle Wandler, nicht nur für uns."

„Wir haben nichts gegen Wandler, die in Frieden leben.", fügte Lucas hinzu, seine Stimme fest und überzeugend. „Aber wir können nicht zulassen, dass Unschuldige leiden."

Der Puma sah sie skeptisch an. „Aber ihr seid doch selber Wandler, ihr versteht doch, dass wir nicht anders können als zu kämpfen, um zu überleben."

„Das stimmt nicht!", erwiderte Kira entschieden. „Es gibt immer eine andere Lösung als Gewalt. Wir können doch versuchen, friedlich zusammenzuleben und unsere Kräfte für das Wohl aller einzusetzen."

Der Puma lachte sarkastisch. „Ihr seid naiv. Frieden zwischen Wandlerarten ist unmöglich. Wir müssen kämpfen, um zu überleben."

Lucas seufzte, aber ließ sich nicht entmutigen. „Ich glaube nicht, dass es unmöglich ist. Wir haben ja gerade bewiesen, dass wir miteinander sprechen können und uns nicht gegenseitig töten müssen. Wir müssen zusammenarbeiten, um unsere Welt besser zu machen."

„Das endet hier und jetzt!" schrie der Wandler, als er sich erneut rasch in den Puma verwandelte. Seine Augen funkelten vor Wut, doch hinter dieser Wut lag ein Schimmer von Unsicherheit. Vielleicht, dachten Kira und Lucas, hatten ihre Worte doch einen Funken Hoffnung in ihm entfacht.

Kira und Lucas stellten sich ein letztes Mal dem Puma entgegen, entschlossen, ihn endgültig davon zu überzeugen, dass Frieden möglich war. Sie wussten, dass sie zusammen stärker waren und dass sie die Macht hatten, ihre Welt zu verändern.

Der Puma machte sich bereit, sie mit einem gewaltigen Sprung anzugreifen. Doch in diesem Moment ließ Lucas einen Schrei los, der lauter und kraftvoller war als alle bisherigen. Der Puma krümmte sich unter dem schallenden Lärm, seine Verwandlung stockte und die menschliche Gestalt kämpfte um die Oberhand.

Lucas ließ noch einmal einen markerschütternden Schrei los, um dem Puma keine Gelegenheit zu geben, sich erneut zu verwandeln. Es endet jetzt und hier, aber nicht so, wie es sich der Puma vorgestellt hatte.

Der Puma verwandelte sich langsam, aber stetig, in den Menschen zurück. Am Ende lag ein junger Mann, völlig erschöpft, vor ihnen. Er schaute mit ungläubigen Augen hoch und hielt sich seine verletzte Schulter. Sein Blick wanderte von Kira zu Lucas und zurück, als er die Tragweite seiner Niederlage und die Wahrheit in ihren Worten erkannte.

„Was? Was ist passiert? Ist es vorbei?", fragte er schließlich, seine Stimme zitternd und unsicher.

Kira und Lucas schauten sich fragend an. „Du bist besiegt. Du wirst unsere Wandler-Freunde aus der Höhle nie wieder belästigen!", antwortete Kira mit fester Stimme, während sie ihre Haltung beibehielt.

Der Puma nickte und sah zu Boden. „Ich verstehe…", sagte er, seine Stimme voller Reue. „Ich habe mich in meiner Wut und Verzweiflung verloren. Ich konnte meine Tiergestalt nicht mehr verlassen. Ich war gefangen in diesem Tier und musste all die schlimmen Dinge, die dieser Puma angestellt hat, erleben, ohne etwas daran ändern zu können. Ich habe schreckliche Dinge getan, die ich nicht mehr gutmachen kann."

Er verstummte für einen Moment und atmete tief durch. „Ich danke euch, dass ich nun wieder ein Mensch bin. Ich hätte mich selbst nie wieder zurückverwandeln können. Ich verspreche, dass ich versuchen werde, mich zu ändern und mein Leben zum Besseren zu wenden."

Kira und Lucas nickten und halfen dem Puma, auf die Beine. Die Anspannung war spürbar weniger geworden, aber die beiden blieben wachsam.

„Ich wusste nicht, dass man die Kontrolle über sein Tier verlieren kann.", sagte Kira besorgt. „Wie ist das passiert? Gibt es irgendetwas, an das du dich erinnern kannst, bevor du die Kontrolle verloren hast?"

„Ich weiß es nicht genau.", antwortete der Pumawandler, seine Stirn in Falten gelegt. „Ich kann mich an kaum etwas erinnern. Alles, was ich weiß, sind die Dinge, die dieser Puma gemacht hat. An mein menschliches Leben kann ich mich kaum erinnern. Es ist alles wie in einem dichten Nebel."

„Ich hoffe, die Schamanin des Dorfes kann dir helfen.", meinte Lucas, die Sorge in seiner Stimme kaum verbergend. „Wie heißt du überhaupt? Wir können dich doch nicht die ganze Zeit nur Puma nennen."

Der Pumawandler dachte einen Augenblick angestrengt nach, während er versuchte, sich an seine Vergangenheit zu erinnern. „Wie gesagt, ich kann mich an fast nichts aus meinem Leben erinnern, aber ich spüre, dass ich eine Verbindung zu Javier habe. Ich denke, das ist mein Name. Zumindest könnt ihr mich erstmal so nennen, bis ich mich wieder erinnere."

„Schön, dass wir dir helfen konnten, Javier.", antwortete Kira, ihre Hand auf seiner Schulter ablegend. „Ich bin Kira und das hier ist mein Freund Lucas.", sie lächelte und umarmte Lucas, der ihr zustimmend zunickte.

„Lasst uns zurück ins Dorf gehen und sehen, ob die Schamanin dir helfen kann, deine Erinnerungen zurückzugewinnen.", schlug Lucas vor, während er Javier unterstützend auf die Schulter klopfte. „Vielleicht können wir gemeinsam einen Weg finden, damit so etwas nie wieder passiert und wir alle in Frieden leben können."

Gemeinsam machten sie sich auf den Weg zurück zum Dorf der Wandler, das versteckt in der Höhle lag. Sie betraten das Dorf Hand in Hand, ihre Schritte im Takt ihrer erleichterten Herzen. Die Dorfbewohner hatten ihre Rückkehr erwartet und begrüßten sie mit offenen Armen, Freudentränen in den Augen und strahlenden Lächeln.

Kira und Lucas wurden als Helden gefeiert, und die Dorfbewohner bereiteten ihnen ein großes Festmahl zu, um ihre Rückkehr und den Sieg über den Puma zu feiern. Eine lange Tafel war aufgestellt worden, üppig mit den leckersten Speisen der Umgebung gefüllt. Die fröhlichen Klänge von Musik und Gelächter erfüllten die Luft, während die Wandler gemeinsam tanzten und ihre neu gewonnene Hoffnung feierten.

Inmitten der Feierlichkeiten trat Javier, der ehemalige Puma-Wandler, vor die versammelte Gemeinschaft und entschuldigte sich öffentlich für all die Taten, die er als Puma begangen hatte. Die Dorfbewohner waren zwar noch vorsichtig, doch sie verstanden, dass er nicht die Kontrolle über sein Handeln gehabt hatte. Gunnar, der Älteste und Anführer des Dorfes, erzählte, dass er schon davon gehört hatte, dass die Tiergestalt die Kontrolle übernehmen konnte, aber dass er und seine Kameraden dies noch nie selbst erlebt hatten.

Die Schamanin des Dorfes, eine weise und respektierte Frau, nahm sich Javier an und arbeitete in den nächsten Wochen intensiv mit ihm zusammen. Es war ein langer, mühsamer und emotional aufreibender Prozess, aber schließlich gelang es Javier, die Kontrolle über seine Tiergestalt zurückzuerlangen. Sie meditierten gemeinsam, arbeiteten an Javiers inneren Dämonen und stärkten seine Verbindung zu seiner menschlichen Seite.

Was der Auslöser für seine missliche Lage war, konnten sie jedoch nicht herausfinden, und das Geheimnis blieb tief in den Schatten seines Herzens verborgen.

Die Dorfbewohner:innen beobachteten die Veränderungen in Javier mit Erstaunen und wachsendem Vertrauen. Langsam, aber sicher, öffneten sie ihre Herzen für ihn und erlaubten ihm, ein Teil ihrer Gemeinschaft zu werden – ein Zeichen dafür, dass auch in den dunkelsten Zeiten Hoffnung, Vergebung und Heilung möglich sind.

Als Javier erkannte, dass er nicht allein war in seinem

Kampf, wurde ihm klar, dass ihm nicht nur der Schamane, sondern das ganze Dorf zur Seite stand. Sie alle boten ihm ihre Unterstützung, ihr Wissen und ihre Erfahrungen an, um ihm bei seiner Heilung zu helfen. Mit jedem Tag, der verging, spürte Javier mehr und mehr, wie tief die Verbundenheit und Fürsorge der Gemeinschaft reichte.

Schließlich, nach Wochen der inneren Arbeit und des Lernens, fragte er, ob er bleiben dürfe und sich dem Dorf anschließen könne. Die Dorfbewohner:innen versammelten sich, um seine Bitte zu besprechen. Sie nahmen ihn ohne große Diskussion und sehr freudig als neues Mitglied in ihren Reihen auf, denn sie erkannten die Veränderungen in ihm und den Wert, den er als Teil ihrer Gemeinschaft hatte.

Gunnar, der Älteste und Anführer des Dorfes, sagte dazu: „Wir alle brauchen in unserer schwärzesten Stunde Freunde, auf die wir uns verlassen können. Freunde, die uns auf den rechten Weg zurückbringen. Freunde, die uns unterstützen und helfen. Was wären wir, wenn wir dich nicht herzlich bei uns aufnehmen würden? Wir sind eine Gemeinschaft, und als solche stehen wir zusammen, in guten wie in schlechten Zeiten."

Die Worte Gunnars hallten im Herzen jedes einzelnen Dorfbewohners wider, und so wurde Javier Teil der Gemeinschaft der Wandler. Er fand in Kira, Lucas und den anderen Dorfbewohnern eine neue Familie, die ihm half, seinen Weg zurück ins Leben zu finden. Sie teilten ihre Freuden und Leiden, ihre Träume und Ängste, und gemeinsam wuchsen sie zu einer noch stärkeren und liebevolleren Gemeinschaft heran, die bereit war, sich jeder Herausforderung zu stellen und die Welt zum Besseren zu verändern.

KAPITEL 17:
EPILOG

Mitte Juli, als die untergehende Sonne tauchte den Wald in warmes, goldenes Licht, als Kira und Lucas erschöpft, aber glücklich auf einem Baumstamm am Rande des Waldes saßen. Sie hatten gemeinsam Abenteuer erlebt, von denen sie nie zu träumen gewagt hätten. Als sie in den Sonnenuntergang blickten, spürten sie, wie ihre Herzen vor Freude und Dankbarkeit überliefen.

Nachdem sie ihre Wandlertalente entdeckt hatten, waren sie durch unzählige Herausforderungen gegangen, hatten Freunde fürs Leben gefunden und sich selbst und einander näher kennengelernt. Die Abenteuer hatten sie zusammengeschweißt und ihre Bindung vertieft. Sie wussten, dass sie ihre Freunde in ihre Geheimnisse einweihen mussten, aber für diesen Moment wollten sie einfach nur die Stille und Schönheit der Natur genießen.

Kira lehnte ihren Kopf an Lucas Schulter und seufzte tief. „Manchmal frage ich mich, ob das alles wirklich passiert ist. Es fühlt sich so unwirklich an."

Lucas schlang seinen Arm um Kira und zog sie näher an sich heran. „Ich weiß, was du meinst. Aber all die Erinnerungen, die wir geteilt haben, sind echt. Und ich bin so unendlich dankbar, dass ich diese Erfahrungen mit dir gemacht habe. Ohne dich wäre ich verloren gewesen."

Kira blickte in Lucas Augen, und Tränen der Rührung stiegen ihr in die Augen. „Das bedeutet mir so viel, Lucas. Auch ich bin dankbar, dass wir uns gefunden haben. Wir waren füreinander da, haben uns unterstützt und gestärkt. Ich hätte mir niemals träumen können, dass ich mich in meinem besten Freund verlieben könnte. Aber das war wohl irgendwie vorherbestimmt. Was wir nicht alles zusammen geschafft haben."

Lucas drückte Kiras Hand und sprach mit fester Stimme: „Ich möchte dir etwas versprechen, Kira. Egal, was die Zukunft für uns bereithält, ich werde immer an deiner Seite sein. Wir sind ein Team, unzertrennlich. Ich liebe dich, heute und für immer."

Kira schluckte schwer, während ihre eigenen Gefühle sie übermannten. „Ich verspreche dir dasselbe, Lucas. Egal, was passiert, ich werde immer für dich da sein. Ich liebe dich auch."

In diesem magischen Moment, als sie sich tief in die

Augen blickten, erkannten Kira und Lucas die Unendlichkeit ihrer Seelen und die unerschütterliche Verbundenheit, die sie miteinander teilten. Eine Verbindung, die die Zeit überdauern würde und die Kraft ihrer gemeinsamen Liebe offenbarte, die durch ihre Herzen pulsierte wie das Leuchten der Sterne am Himmel.

Langsam und vorsichtig näherten sich ihre Gesichter einander, während die Spannung zwischen ihnen wuchs. Jeder Atemzug fühlte sich wie eine Ewigkeit an, als sie in diesen winzigen Momenten die Intensität ihrer Gefühle ergründeten. Schließlich berührten sich ihre Lippen in einem zärtlichen, aber leidenschaftlichen Kuss, der all die Emotionen in sich trug, die sie füreinander empfanden. In dieser Umarmung verschmolzen ihre Herzen, und die Welt um sie herum schien stillzustehen, als wären sie die einzigen Menschen auf Erden.

Hand in Hand blickten sie in den Sonnenuntergang, die leuchtenden Farben des Himmels spiegelten ihre Gefühle wider und schienen ihr Versprechen einer gemeinsamen Zukunft zu bekräftigen. Sie spürten die unendlichen Möglichkeiten, die vor ihnen lagen, und wussten, dass sie gemeinsam alles erreichen konnten.

„Ich werde immer für dich da sein, Kira.", flüsterte Lucas sanft, während sie in seine Augen schaute.

„Ich weiß, Lucas. Ich auch für dich. Wir werden immer Seite an Seite stehen, egal was kommt.", erwiderte Kira mit einem liebevollen Lächeln.

Egal ob als Mensch oder als Tier, sie würden Seite an Seite stehen und die Welt um sich herum mit Liebe, Mitgefühl und Mut gestalten. In diesem Moment wussten sie, dass nichts sie jemals voneinander trennen könnte und dass ihre Liebe ein wahrer Segen war, der ihr Leben auf ewig verändern würde.

In diesem magischen Moment, während die Sonne am Horizont versank, wussten Kira und Lucas, dass ihr Leben fortan untrennbar miteinander verbunden war. Sie würden gemeinsam die Stürme des Lebens meistern, denn sie waren nicht mehr nur zwei einzelne Seelen, sondern vereint in einer unsterblichen Liebe, die alles überwinden würde.

Die Tage verstrichen, und das Paar fand immer wieder Zeit, um sich zurückzuziehen und ihre besondere Verbindung zu genießen. Ob sie nun durch die Wälder streiften oder einfach nur den Abendhimmel beobachteten, ihre Liebe zueinander wuchs stetig.

„Kira, ich spüre, dass wir zusammen stärker sind als je zuvor.", gestand Lucas eines Tages, während sie unter einem Baum saßen.

Kira lächelte und erwiderte: „Ja, unsere unzertrennliche Verbindung gibt uns die Kraft, selbst die schwierigsten Prüfungen zu bestehen."

Ihre Abenteuer mögen vorerst vorüber sein, aber ihre Liebe und Verbundenheit waren erst der Anfang einer lebenslangen Reise. Zusammen würden sie die Höhen und Tiefen des Lebens meistern, die Geheimnisse ihrer Familie und ihre Gaben weiter erforschen und die Welt um sich herum mit Liebe und Mitgefühl gestalten.

In den leuchtenden Farben des Sonnenuntergangs erblühte ein Versprechen eines neuen Anfangs. Kira und Lucas, vereint durch eine unzerbrechliche Liebe, blickten mutig und zuversichtlich in die Zukunft.

„Wir können alles erreichen, Lucas, solange wir Seite an Seite stehen!", sagte Kira und nahm seine Hand.

Lucas nickte zustimmend: „Gemeinsam, Seite an Seite, als Mensch oder als Tier – wir sind stark!"

Und so endet ihre erste Geschichte – nicht mit einem Abschied, sondern mit dem Versprechen eines neuen Anfangs, der in den leuchtenden Farben des Sonnenuntergangs aufblühte. Kira und Lucas, vereint durch eine unzerbrechliche Liebe, blickten mutig und zuversichtlich in die Zukunft und wussten, dass sie alles erreichen konnten – gemeinsam, Seite an Seite, als Mensch oder als Tier.

ÜBER DEN AUTOR

Ed Berg, geboren 1983, ist ein Softwareentwickler,
Computerspieler, Familienvater und Autor aus
Bayern. Mit Ende 30 entdeckte er das Schreiben für sich
und nach einigen Ideensammlungen, entschied er sich
eine seiner Buchideen auf Papier zu bringen. „Kira, die
Wandlerin" war geboren.

DANKSAGUNG

Liebe Leserinnen und Leser,

ich möchte mich an dieser Stelle bei OpenAI, Midjourney und allen anderen Technologien und Plattformen bedanken, die mir bei der Erstellung dieses Buches geholfen haben. Ohne die modernen Werkzeuge wie zum Beispiel künstliche Intelligenz hätte ich meine wirren Gedanken und Ideen niemals so strukturiert und organisiert bekommen.

Ich möchte mich auch bei allen Menschen bedanken, die mir in meinem Leben als Inspiration gedient haben und mich ermutigt haben, meine Träume zu verfolgen. Insbesondere möchte ich meiner Familie danken, die mich immer unterstützt und motiviert hat.

Ich hoffe, dass dieses Buch Dir Freude bereitet und Dich inspiriert hat, Deine eigenen Träume zu verwirklichen. Vielen Dank für Deine Zeit und Dein Interesse an meiner Arbeit.

Herzlichste Grüße, Ed Berg.